チェーホフさん、ごめんなさい！

児島宏子

未知谷

チェーホフさん、ごめんなさい！　目次

チェーホフさん、ごめんなさい！

二つの『たわむれ』

私の部屋にはチェーホフの肖像写真がかかっている。もう三〇年もそこにある。一九七三年、ソ連時代にモスクワの大きな書店で売っていた。なんだか、チェーホフさんから声をかけられたような錯覚を起こし、いそいそと買い求めてしまった。立てかけられるようになっているので、モスクワ大学の寮にいる時は机の上に置いていた。今も、毎朝、毎晩、在宅なら昼間も持ち帰った写真に挨拶を交わしている。自分が落ち込んで愉快な気持ちになれないとき、自己弁護ばかりしているときなど、チェーホフさんの透き通るまなざしのシャワーを浴びる。自分に嘘をついているとか、弱気とか、他者にたいする想像上とはいえ猛々しい攻撃とか、すべての心の綾はチェーホフさんにはお見通しなのだと私には思える。そして、まず見つめること、と言ってくれているような気がする。

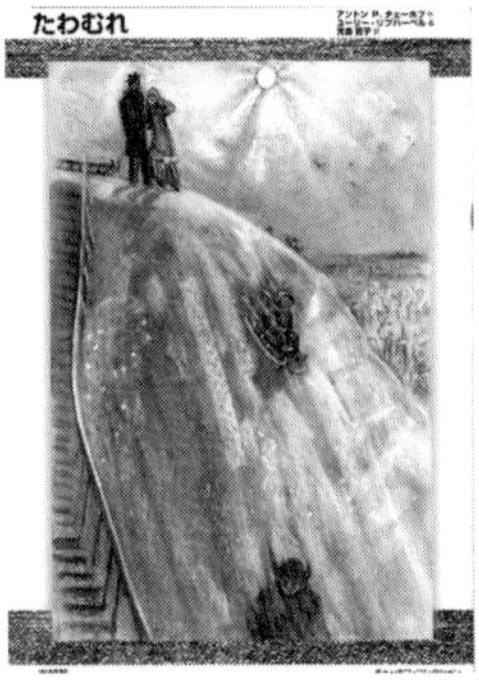

チェーホフは『叔父ワーニャ』、『三人姉妹』、『桜の園』、『カモメ』の四大戯曲の作家として知られ、今に至るまで世界中でこれらの戯曲が上演されたり映画化されたりし続けている。その他におよそ五〇〇の短中篇、長篇一篇などがある。結核を患い四十四歳で生涯を閉じた人の、その仕事ぶりの凄さ！

《本の時代は終わった》という意見が日本で最近聞かれるようになった。《ヴィジュアル時代》とは大分前から言われている。私がかかわるロシアの芸術家たちは老いも若きも、とてもよく本を読む。「思考するため、感覚するために読書は極めて重要」とも、「読書を止めてはいけない」ともおっしゃる。でも、そういう方々は少数派なのかもしれない。これでは、生涯作品を書き続けたチェーホフさんに申し訳ないと私は悲嘆にくれる。それは健康によくない。そこで気持ちも新たにチェーホフの短篇を読んでみた。何と、なかなか面白いではないか。さまざまなロシアの人々を想わせる登場人物たち、その挙措、情感、風習など、おかしみを含めて、生きていくことにつきまとうさまざまなことが生きいきと描かれている。それが目から鱗というように見えてくる。

ヴィジュアルの時代にこと寄せて考えてみる。ロシアの人々の目にチェーホフの短篇世界はどのように映るのだろうか？　好奇心が湧き上がる。チェーホフの短篇がロシアの画家の目にどのように映るのか見てみたくなった。そこでさっそく、チェーホフ作品を愛しているというさまざまな画家たちに会って話し合った。「チェーホフの短篇を、ある音楽作品の総譜――スコアと見なしてください。ほら、バッハの平均律だって、同じスコアでも演奏家によって違って聞こえてくるでしょう。ショパンだってチャイコフスキーだってそうでしょう」音楽にことさら詳しい人とはいろいろな指揮者、演奏家と演奏を例に挙げて話し合った。「どうか絵筆で演奏、つまり、あなたを通過させて絵を描いてください。イラストというのではなく……チェーホフ短篇の中からご自分で、どうしても描きたい作品を選んでください……」と画家たちに頼み込んだ。

このことを十分理解し感覚していただけない方もいらした。わかった、と言いながら「この小さな作品には二、三枚のイラストでいいね」と断言される。そこで、そのチェーホフ作品に一緒に目を通しながら、例えば文章の行間に見えてくることどもについて互いに語り合ってみた。口では言えても、それをロシアの光景、情景に変容させなければならない。見えてくるものすべてを具現化できないにしても、これこそ、ロシアの画家たちが成し遂げられることにちがいないのでは……　こうして二〇〇四年末から、チェーホフと画家の出会いの結晶が姿を現し始めた。最近（二〇〇六年）では、この企画がロシアの画家たちの間で話題になり、現在十四名の画家が参加または参加を表明している。その中には、いい意味でちょっと吃驚させられるような方々もいて、将来楽しみなことになりそうだ。

ロシアでは昔から、まだ実現していないことを語ると悪魔が邪魔をする、と言われている。それを防ぐために自分の左肩に向かって、ペッ！　とツバを吐く真似をしたり、木の机をコンコンとたたいたりする。私もそれに倣って、今仕事机をこつこつとたたく……

このように新たな装いで登場するチェーホフの短篇についてお話ししたい。そのたびに、とても重要と思えるロシア語のことばも取り出してみたい。

『たわむれ』（シュートチカ）はチェーホフが二十六歳だった一八八六年にユーモア雑誌〝こおろぎ〟に発表された。語り手の〝わたし〟という青年がナージャという少女を強引に誘ってソリ遊びをする。小高い丘からソリに乗って下まで滑るのだ。これは今でも冬の遊びのひとつでとても人気がある。ところがナージャは高所恐怖症なのかどうか、とても怖がって生きた心地もしない。まっしぐらに下に向かって滑る絶好調、ナージャにとっては地獄に転落するような絶望の極みに〝わたし〟はそっと囁く。「わたしはあなたを愛していますナージャ！」。ソリを降りてしばらくするとナージャは、誰があの愛の告白をしたのだろうと考え始め、疑いを抱く。そしてまた勇気を奮い起こしてソリ滑りをする。でも、誰が言ったのかナージャにははっきりしない。〝わたし〟なのか〝風〟なのか？ソリが滑走するとき以外〝わたし〟は決して愛の告白を繰り返さない。ついにナージャは、ただ単にあの言葉を聞きたいがためにのみ〝わたし〟と一緒にソリ滑りにあえて興じることになる。

やがて春が来て、氷の丘も黒ずみ溶けていく。あるとき、〝わたし〟は木の塀の隙間からナージャの中庭を覗く。中庭に佇む哀しげなナージャ。風に愛の告白を懇願するかのような素振り。風が吹いてきたとき、〝わたし〟はまたもや囁く。〈Я люблю вас,《愛しています、》Нада《ナージャ》!〉なんとナージャは喜びの微笑を浮かべ、風に手を差し伸べる。〝わたし〟はたまらなくなって、恋に恋するような乙女ナージャにかけ寄る。そして、二人は結婚することになりました。〝こおろぎ〟に発表された『たわむれ』はこのように幕を閉じた。

もし、この作品がこのままだったのなら、もしかしたら、この作品を選んだ画家も脇を通り過ぎたかもしれない。だって、たった数回のソリ滑りで結婚なんて、ちょっと安易というか、おめでたいというか。でも、一目ぼれという言葉もあるにはあるが……　そして

たわむれが本気にということもあるにはあるのだが……

ところが選集に入れるためにチェーホフは、文章を簡潔にしつつ内容に若干手を入れていた。その『たわむれ』がロシアで刊行された全集に納められている。それが日本で翻訳（拙訳のも含めて）されているものだ。では、どこがどう違うのだろうか？　手短に言えば、二人は結婚しないことになっている。〝わたし〟はペテルブルク（当時はロシアの首都）に出ようとしている。ナージャが〈両手を伸ばして風を受け入れ、喜びと幸せにみたされ、生きいきと輝いている……〉（『たわむれ』未知谷）のを目にして〝わたし〟はその場を去る。旅支度するために。そして、後に歳をとって〝わたし〟はナージャのことを思い出す。ナージャは結婚して三人の子の母になった。でも、あのときのことは忘れていない。そう、あのとき、どうしてあのような戯れに興じたのか彼にはわけがわからない。このように物語は終わる。

若いチェーホフは一体何を言いたかったのだろう？　若い男女の心理？　乙女の、傷つくことのない至福のひととき？　ロシアの冬の情景？　答えは私たち読者にゆだねられるのだろうか。私たちは作品の世界に湯あみし、知や視覚の散策を続けるのではないだろうか。あるいは、私たちは一種の悦楽を感じ、それをカタルシスに繋げるのかもしれない。こうしたことがロシアの芸術家たちが求める読書による思考力や感覚を磨く手立てなのだろうか。

ところで、この『たわむれ』に絵を描いた美術家ユーリー（ユーラ）・リブハーベルは、アントン・チェーホフの末弟ミハイル・チェーホフの孫に当たる美術家セルゲイ・チェーホフの同級生で親友である。残念ながらセルゲイは病魔に倒れ亡くなられてしまった。ユーラと、後にユーラの妻となるヴェーラの必死の看護も空しく。セルゲイが去って、しばらくしてからユーラはヴェーラに申し込んだ、つまりチェーホフ家が二人のキューピッドになったという。この本の最後に、ユーラが描いたチェーホフが微笑んでいる……

ユーラとヴェーラ、二人のお宅を訪れると、玄関の間の壁面はセルゲイに捧げられているかのように、彼が少年のときに描いた絵などが飾られている。モスクワの環状通りにあるチェーホフの住居博物館、メーリホヴォやヤルタの住居博物館の一隅のような雰囲気がここに漂っている。ユーラはセルゲイの物語を用意し、いつの日かそれを日本に届けることを夢見ている。ユーラの話を耳にしていると、チェーホフの息遣いが微かに響いてくるようだ……

二つの『大学生』

あるとき映画関係の雑誌が、ロシアの映像詩人と言われるユーリー・ノルシュテインにインタヴューを申し入れた。インタビューが終わりそうだなと思った瞬間に、インタヴュアーが問いかけた。「最後の質問です。あらゆるジャンルを超えて、お好きな世界の芸術作品を三点だけ挙げてくださいませんか」。私は通訳しながら内心どきどきしていた。〈そんな無茶な！　この世に素晴らしい作品はたくさんあるのに！〉と。ところがノルシュテインはいつものようにこともなげに即答した。「レンブラントの『放蕩息子の帰宅』、ベラスケスの『宮廷の侍女《ミーニン》たち』、チェーホフの『大学生』です」

私は驚きと喜びに満たされた。大好きなチェーホフさんの作品が挙げられたからだ。ノルシュテインが『大学生』をいつも「チェーホフ作品の中で重要なもの」と言っていたのを知っていたが、まさか世界の三作品の中に入れるとは全く思いがけなかったから……

おっと、チェーホフさん、ごめんなさい！

ペテルブルクのエルミタージュ美術館には『ダナエ』、『フローラ』、『聖家族』などレンブラント作品が意外に多く、『放蕩息子の帰宅』（一六六八年）もその最たる一点である。その前に立つと、衣服ばかりか心も擦り切れて跪《ひざまず》く息子を慈しむ老父のやさしさが、柔らかな光となって私たちを包みこむ。他者を許し、心から迎え入れようとする寛大さに胸を打たれずにはいられない。

ベラスケスの『宮廷の侍女たち』は、その二年前の一六五五年に描かれた『紡ぎ手』の手法をさらに磨きあげ完璧にした大傑作。そこには絵筆を持つ画家自身の姿も描かれている。プラド美術館内を夢中で歩き回りゴヤ、ムリーリョなどの作品に見入った。ベラスケスの肖像画では作者の鋭く繊細な眼差しに驚嘆させられた。この『侍女たち』を前にして立ちすくんだことが思い浮かぶ……

さて、『大学生』は一八九四年、チェーホフ三十四歳の作品。これは初め『晩に』（Вечером）と題されて同年四月に〝ロシア報知〟紙に発表された。〝中短篇集〟に収録するにあたって題名を変え加筆、修正したという。この〝Вечером〟を探しているところだが、ロシアの図書館でマイクロフィルムの形で入手しなければならないのかもしれない……

宗教大学に通うイワン・ヴェリカポーリスキー（大原太郎、というような氏名）はシギ猟から家に帰るところだ。天気が急に変わり、あたりはまるで冬が舞い戻ったように深々と冷えこんできた。今も昔もロシアにはこのように冷たい風が吹き、人々は貧しく、無知、無関心で何も変っていないと彼は思う。ふと遠くに焚き火が見えた。寡婦となっている母娘（ワシリーサとルケーリヤ）が耕す畑。焚き火を囲んで母娘は夕食を終えたばかり。イワンは二人に近づき、挨拶を交わす。そして焚き火に手をかざしながら言う。「ちょうどこんな寒い夜、使徒ペトロも焚き火で、ぬくもったのでしょうね」。彼は福音書の十二使徒伝から、最後の晩餐の話しをする。ペトロはイエスを敬愛しており、師に断言する。「私はたとえ牢屋であろうと死へ向かう旅であろうと、あなたのお供をいたします」。イエスはペトロに応じる。「言っておくが、ペトロよ、今日、雄鶏は鳴かないだろう。つまり、おまえが私を知らないと三度首を振ったそのときに、はじめて雄鶏のおたけびがするであろう」。これを、チェーホフはロシア語訳のルカ伝からそのまま引用している。そしてペトロがイエスを知らないと三度目に否認したとき雄鶏が鳴く。ペトロはイエスの言葉を思い出し、はっと我に帰り、中庭から逃れ、苦い涙を流して泣いた。福音書には《そこで外に出ていたく泣けり……》と述べられている。それをイワンは次のように想像する。なぜかイワンと作者が一体化したと確信させられる、ふしぎな響きを持つロシア語だと感じ入る。

《しんしんと静けさに沈み、暗闇におおわれた庭、こんな静寂のなかで、こらえにこらえたむせび泣きがくぐもり、切なく耳の底に届く情景が思い浮かびます……》*。

イワンの話を聞いてワシリーサは大粒の涙を流し、ルケーリヤは痛みを胸のうちに秘めて耐えているようなまなざしでイワンを見つめる。二人に別れを告げて家路を急ぎながらイワンは二人の反応に思いをいたす。そして一九〇〇年も前の出来事が今に繋がっていることを強く感じる。若いイワンはその影響で人生の意味を見出していく……掌篇と言えるような作品なのだが、さまざまな角度から考えさせられる豊かな内容を包含している。今からみれば二〇〇〇年も前の出来事が大きな意味を持って迫ってくる。その出来事をわが身に引き寄せる二人の女たちのことを考えないわけにはいかない。それが自分自身に重なってくる。そしてイワンという名の大学生のことも。この掌篇が、思考することを強く迫ってくるとは思いもよらなかった。このことをさしてノルシュテインは重要な作品と断言したのだろうか？

さらに、この『大学生』をノルシュテインと同様にチェーホフの重要作品と見なしている画家たちがいた。

「ご自分が描きたい（絵筆で演奏したい）と思われるチェーホフ作品を思いつかれたら、すぐに知らせてください。重複しないように」と私は一緒に仕事をしている画家たちに口を酸っぱくして言っていた。ところが、互いに面識のない画家二人、イリーナ・ザトゥロフスカヤさんと、前章「二つの『たわむれ』」でご紹介したユーリー・リブハーベルさんからほとんど同時に知らせが入った。しかもすでに絵を描いているという。こうして、チェーホフの短篇『大学生』に二種類の絵が届けられた。どうすればいいのだろうか？ 絵の数はユーリーさんの方がとても少ない。それなら、もう一作品加えて、そちらをメインタイトルにして本にしたらいいのではないだろうか？

正直に編集長のIさんにことの次第をお話しした。「どちらの絵もいいですね、イリーナさんの絵は精神性に満ち、ユーラさんの方はロシアの大地が感じられます」と両方の絵を見比べてIさんはおっしゃる。そして提案に同意してくださった。そこで、すぐモスクワのリブハーベルさんに電話した。「……もう一篇お気に入りの作品を加えてくださいませんか？」とお願いする。「では『たわむれ』を入れましょう。ご存知でしょう、かわいい作品ですよ」と微笑を浮かべているような様子が受話器の向こうから伝わってきた。

ああ、これで安心と胸をなでおろした。しかし、ふと考えた。二冊の本に同じ作品、異なる絵。でも同じ翻訳でいいのだろうか？ 読者の方々に申し訳ないのではないか？ チェーホフさんの作品を〝スコア〟と思ってくださいと生意気なことを画家たちに言ったのは私ではないか。それなのに翻訳は同じでいいのか？〈そうだ、翻訳も変えよう。私も異なるアプローチで演奏することにしよう〉と自分に言い聞かせた。

しかし、どのようにすればいいのだろうか？　二葉亭四迷の翻訳、ツルゲーネフの『初恋』を思い出した。ロシア語文章の句読点に合わせた翻訳は実に快い調べとなって響いてくる。明治時代の語りくちが近づき難いだけ、胸がときめいてくる。同時に言葉は生きものだとも思える。時代によって、よくもわるくも言葉は変化している。そこで私は『大学生』をまず読みやすいことを目標に訳してみた。これはリブハーベルさんの絵を思

い描きながら翻訳を進めた。イリーナさんの絵には、ちょっと小難しい日本語をつけてみた。本書一七ページの＊印の箇所はイリーナさんの絵による翻訳は次ぎのようになっている。

《静寂《しじま》と漆黒の闇におおわれた庭、そんな庭の中に、耐えしのんだむせび泣きがくぐもり切なく耳の底に届く……そんな情景が思い浮かんできます……》

『大学生』を書いた時期に、チェーホフは、流刑地で非人間的な生活を強いられる囚人についての調査報告書『サハリン島』を書き続けていた。チェーホフはどのような気持ちで仕事をしていたのだろうか。しばしば深い嘆息をもらしたのではないか。現地でも、そして、それをまとめるときも非常な苦痛を耐え忍んだのではないだろうか。それが、チェーホフとイワンの距離を縮めているのかもしれない。だからこそチェーホフはイワンに若者の気概、肯定的な資質を与えたかったのだろう。チェーホフにとって理想の主人公は二〇〇〇年の時空をわが身に引き寄せたワシリーサとルケーリヤだったかもしれない。チェーホフこそが感じたかったのだ。《……過去は今へと結びついている。その鎖の二つの端を彼はたった今、目にしたように思った。ふと鎖の端に触れたら、もう一方の端が震えるような気がしたのだ》

なぜ、ロスチャイルドのバイオリンなの？

ロスチャイルドというのは大変よく知られているユダヤの苗字だ。世界を席捲している大富豪の名門がいくつかあるが、そのうちのひとつがロスチャイルド家であることは広く知られている。チェーホフさんの短篇『ロスチャイルドのバイオリン』に出会ったとき、読む前に、なぜ、あのロスチャイルドのバイオリンなのだろうと思った。ユダヤ系の音楽家たちが「バイオリンとクラリネットはユダヤの楽器と言えるくらいだよ」と語るのを何度も耳にしているので、この苗字とバイオリンはユダヤという点ですんなり結びついた。だが、ページをくるとちょっと違っていた。この作品は、英訳で〝棺桶屋《かんおけや》〟というタイトルだったという。それが明治時代に日本の作家たちに大変愛されたと、どこかで読んだことがある……

そうなのだ。主人公のヤーコフ・イワーノフはロシア人で、棺桶つくりを生業《なりわい》としてい

る。棺桶を作る、つまり人が召されると仕事になる。もちろん生きているうちに自分の棺桶を注文するお客さんもいる。だが、彼の相手は結局生きている人ではないのだ。でも仕事は繁盛していない。彼が住む小さな町の住人は、いたるところ老人ばかり。でも、幸いなことに老人たちがなかなか死なない、おめでたい町なのだ。ところがヤーコフには少しもおめでたくない。仕事はあまりなく、妻のマルファと二人で細々と暮らしている。

本職の棺桶つくりの他にヤーコフはちょっとしたアルバイトをしている。彼はバイオリンの名手。しかもロシアの曲を、それは見事に弾きこなす。町の結婚式でかならず演奏を依頼されるユダヤ人のオーケストラにヤーコフは招かれ、そのつど何がしかのギャラを手に入れる。

チェーホフは、ここでさっそくヤーコフという人物に、日常化していた反ユダヤ主義を付け加える。ヤーコフは、これという理由もないのにユダヤ人を疎ましく思い、とくにフルート奏者のロスチャイルドにことのほか憎しみを抱くようになる。遂に正当な理由もなく喧嘩をふっかける。ロスチャイルドの言葉が哀しく響く。

〝あんたの才能を高く買っていなかったら、とっくに窓から放り出していた!〟

そう言うとロスチャイルドは泣き出す。こうしてヤーコフはオーケストラに、たまにしか呼ばれなくなる。収入はますます減ってしまう。そのせいかどうか、この人はマイナス思考をするようになる。結婚式がなくてオーケストラに招かれないとすると、招かれて受け取る金額が彼の頭の中でマイナス、つまり欠落の感覚を抱くに至る。このように彼は果てしなくマイナス計算をする。その結果、あまりにも損失が大きくなると、すっかり落ち込んでしまう。それを癒すために、彼はバイオリンの弦を爪弾《つまび》く。どんな妙なる音が流れるのだろうか？　暗がりのなかで、ヤーコフがそっと弦をはじく様子を、私はいつも想像してみる。遠い昔、母から勧められてバイオリンを習っていたときのことを思い出してみる。いろいろなバイオリニストの音色や、ピッチカートの音を耳に蘇えらせてみる。それは、絶えずマイナス計算に余念のないヤーコフがはじくソロバンの音に重なる。なんだか、無性にヤーコフのことが哀れになってくる……

……

でも、もっと悲しい存在が登場する。おとなしく忍耐強い妻のマルファだ。彼女が突然「わたしゃ死ぬよ！」と言うのだ。生きいきと嬉しそうに、そういい切るマルファ。いつ

も蒼ざめた顔色の、びくびくしている妻に、すっかり慣れきっているヤーコフはすっかり慌ててしまう。妻との日々の暮らしが走馬灯のように胸裡をめぐり出す。妻にやさしい言葉一つかけなかったし、おみやげの一つも持ち帰らなかったことが悔やまれてくる。

マルファは、ずっと昔、明るい髪の巻き毛の女の子が生まれて、家族は川の辺り、ネコヤナギの下で歌をうたい、ひとときを過ごしたと言う。その思い出に温かく包まれているマルファ。でもヤーコフは何も覚えていない。

そんなことってあるのだろうか？　二人に起こったことを夫が記憶していないとは⁉何というわびしい話だろうか！　でも、どうして彼女は急に昔のことを思い出したのだろう？　チェーホフは女と男、妻と夫の、何か根源にたどり着くような違いを示したかったのだろうか？　実に、実に不思議な情景だ。しかも、チェーホフの筆致は否定のみを迫るのではなく、そうかもしれない、でもそうなのだろうかと私たちをはてなく不可解な思いにさせてしまう。

死を前にして喜んでいるかのような妻を目にしてヤーコフは恐怖を抱く。彼は荷馬車を借りて妻を病院に運び込む。ここから病院までのことは、チェーホフが『ロスチャイルドのバイオリン』（一八九四年）を発表するもっと前の一八八五年に発表した短篇『悲しみ』を思わせる。『悲しみ』はソナタの主題のように『ロスチャイルドのバイオリン』に響いている……

ヤーコフと准医師との会話を読みながら、どこかでこの場面に出会ったことがあると思った。それは自分が好きな短篇『悲しみ』であることに気づいた。このことは解説にも明記されていた。『曠野』もそうなのだが、チェーホフは、馬車でどこかへ向かうという情景に心惹かれているのではないだろうか。ロシアの広大な空間を凌駕する方法は、当時、多くは馬車だったことを思うと、今ならチェーホフは、どんな登場人物を何に乗せて、どこに向かわせるのだろうか？　いずれにしても、病気の妻を運ぶ夫の気持ちが胸にしみる……

間もなく妻を亡くし、自慢できるほどの棺を作って丁重に妻を葬ったヤーコフは立派な葬儀を出せたことに満足しながら、あたかも第二の、あまりにもあっけない人生をたどって行く。マルファの葬式が終わると気分が優れなくなったヤーコフは、またもやロスチャ

イルドを罵倒してしまう。それをはやし立てる腕白たち。イヌたちまでが吠え立ててロスチャイルドを追う。イヌに噛まれた彼の痛ましい叫びを聞きながら、ヤーコフは思いがけずに川の辺りに出る。そこにはネコヤナギの木が聳えている。ヤーコフはすべてを思い出す。そして五〇年もの間、一度も川岸にやってこなかったことを悔やむ。広々とした川を眺めながら、その変貌を、自分の人生を思う。もしかしたら、ちがう人生を送れたかもしれないことを……

懺悔《ざんげ》するかのようにヤーコフは最後の曲を弾き、バイオリンをロスチャイルドに遺して、この世に別れを告げる。

ロスチャイルドが、ヤーコフの〝白鳥の歌〟を受け継ぎ、弾き続ける。それを聞くと、演奏者はもとより、人々は涙にくれる。ヤーコフの、人生にたいする悔恨の涙が、メロディにほとばしり、揺曳するのだろうか。

一九七七年、ソ連〝ナウカ〟出版から刊行されたチェーホフ全集の第八巻で、たった九ページを占める、この『ロスチャイルドのバイオリン』は、まるで人間の〝全生涯〟を凝縮したような作品だと思う。

ユーリー・ノルシュテインが敬愛する画家イリーナ・ザトゥロフスカヤは、この短篇をご自分で手作りの本にした。手漉《てす》きの紙を使って。彼女が描いた絵を眺めれば眺めるほど、胸が波立った。何と深く、この短篇を読み込んでいるのだろうか！　なんと深く広く、この短篇世界を凝視しているのだろうか！

私は彼女が描く絵によって、さらにチェーホフの世界に入り込むことになった。

文章の配分も独特だ。「イリーナ、なぜ、こんなふうに文章のページに空白を作るのですか？」私は尋ねる。「あのね、文章と絵はひとつの世界を作っているので、両者の間に空気が流れているのよ……」と彼女は穏やかに微笑む。「チェーホフさん、おこらないかしら？」と私。「賛成してくれるわ！　だって、あの時代、誰もほとんど彼の短篇で絵本を作らなかったでしょう。でも、今、アントン・パーヴロヴィッチ（チェーホフ）がいらしたら、きっと喜んでくださるでしょう！」

カシタンカって、どんなイヌ？　その1

チェーホフさんはとても動物好きです。お宅にはイヌ二匹――ふたり、と言った方がいいかもしれません。だって飼い犬は自分のことを金輪際、イヌなんて思っていないふしがありますから。「イヌではなくて、私たち、ほんと、ホモ・サピエンスよ」とでも思っているようですよ。これは家で飼われる他の動物も同じくそう考えているようです。

さてチェーホフ邸にはネコもガチョウも、ツルさえ二羽いたそうです。イヌ派、ネコ派、トリ派などというのは超越して、生き物が大好き、人間が大好きだったのがチェーホフさんです。

そんなチェーホフには『カシタンカ』という短篇があります。主人公はカシタンカという栗毛のイヌで、最近よく見かけるダックスフントと、雑種の混血なのです。姿はダック

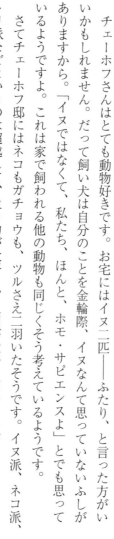

スフントにそっくりですが、何と耳が違うのです。耳が秋田犬や土佐犬の倍ほどもあって、しかも垂れていなくて立っているのです。正真正銘の本皮製です、絵を見ればわかりますよね！　わが家の周辺ではイヌの散歩をさせている人々がひっきりなしですが、残念ながらこんなイヌはいません、わるいけれど見たことがありません。

この作品は初め一八八七年十二月二十五日号の新聞〈新しい時代〉に発表されました。タイトルは〝（動物）芸能界で〟とでも訳せばいいでしょうか。一八九一年春にチェーホフは少し書き直して上記のタイトルにしました。私は残念ながら最初の〝芸能界で〟というのをまだ読んでいません。見つけなければなりません。どんな風に書き直したのかとても興味をかきたてられますので、何とか見つけ出したいことです。

題名が『カシタンカ』になってから、チェーホフはずいぶんこの作品に執着しました。なかなか出版されないので、何度も催促の手紙を出版社の社長に書いています。《『カシタンカ』をお忘れなく。カシタンカから鎖をはずす頃合ですよ。窓の傍、貴方の机上に隠されている彼女の絵を『カシタンカ』の表紙にすれば、彼女は歩き出し売れるでしょう……》（一八九一年五月十三日）。チェーホフは同年八月にまた手紙を出しています。《『カシタンカ』はどうですか？　三年もの間、カシタンカは貴方の許で寝そべっていますが、私だったら三、〇〇〇は稼ぐのですが……》。そう、チェーホフはいつもお金に追われていました。

有名な作家になっていましたが、一家を支えていたので大変だったのでしょう。

その後もまた手紙を書いています。《貴方に『カシタンカ』について思い出させるべきでしょうか、それとも忘れたのでしょうか？》(一八九一年十月十六日)。こんなことを繰り返してチェーホフはやっと校正刷りを受け取りました。この校正刷りで彼は大幅に書き直し、書き足したのです。最初四章だったのが、現在あるように七章になりました。そしてついに一八九二年に単行本として出版され、九三〜九九年にかけて六回再版されました。

イラストは画家のソロムコでした。チェーホフは絵があればきっと売れるに違いないと説得に説得を重ねていたのですが、この絵は気に入らなかったのです。画家には悪いのですが、どんな絵だったのか本当に見てみたいです。それ以前にチェーホフはついに自ら動物画家で風景画家でもあるステパーノフを見つけました。でも上手く行かなかったようです。先のソロムコについてはスヴォーリン(出版社主)に、《ねえ君、芸術の世界の厳しさを思わせる手紙を一八九二年二月二十八日に送っています。《ねえ君、これらの絵を使わないために僕は画家にもう五〇〇ルーブルあげてもいい。なんということだ！　床机、卵を運ぶメスのガチョウ、ダックスフントの代わりにブルドッグ……》仕事と言うのは怖いですね。やはり画家はチェーホフと話し合い、ラフなスケッチを前もって見せるべきだったのでしょう。

その後『カシタンカ』の権利はマルクス社に売られ、チェーホフの最晩年、一九〇四年にイラストつきで同社から刊行されました。出版社が画家のカルドフスキーに依頼しました。この方は後に《私がいかに『カシタンカ』のイラストを描いたか》という論文を《児童文学》（一九四〇年）に書いています。でも、やはりチェーホフはこのイラストに満足できませんでした。どうも知人の画家ハチャインツェヴァに頼みたかったようです。でも、チェーホフは重病人で、一九〇四年の夏に、この世と別れを告げているのです。思いのほとんどが実現できなかったのです。いつか、この女性の画家の作品を見つけ出したいことです。そうすればチェーホフが求めていたイラストについて何らかの予想が出来るかもしれませんね。なかなか興味深いテーマではないでしょうか。彼の二番目の兄ニコライは画家ですし、妹のマーシャもなかなか絵が上手なのです。それに〝ロシアの自然の歌い手〟として誉れ高い風景画家レヴィタンは、いささか紆余曲折はあったにしても、彼の兄弟のような親友でしたし……　チェーホフの美術趣味、ことにカシタンカの挿絵については一度ぜひ調べてみたいものです。

　カシタンカは指物師の家で飼われているメスイヌです。この指物師、建具師、家具師というのは大工仕事より手が込んだ細かいことをやる仕事だそうです。私自身耳慣れない言葉なので、あちこち聞いて廻りました。もしかしたら今風の名称があるのかとも考えたからです。が、「指物師は指物師です」とのことです。飼い主のルカ・アレクサンドルィチは「カシタンカ、出かけるぞ！」と声をかけます。お得意さんに注文の木づくりの品を届けに行くのです。主人の作業台の下でうとうとしていた彼女は跳び起きます。楽しい散歩が始まるからです。カシタンカは喜び勇んでルカについていきました。

ルカは品物を届け、いろいろ寄り道をします。その間にカシタンカもさまざまなことに出会います。そして気がつくと、カシタンカはルカを見失い、迷子になっていました。絶望に陥るカシタンカは新しい飼い主に出会います。今度は動物の調教師で、動物と一緒に

サーカスに出演している人です。

カシタンカはネコのフョードル・チモフェーイチ、ガチョウのイワン・イワーヌィチ、ブタのハヴローニャ・イワーノヴナなどと知り合います。新しい飼い主はカシタンカから〝見知らぬ人〟と名づけられます。と言っても本人がそれを知っているわけではありませんが。その人はカシタンカを「おばさん」と名づけます。ネコやガチョウやブタは芸を仕込まれています。カシタンカは、びっくりしてそれを見学します。あるとき、悲しいことにガチョウがみんなと、この世と、別れを告げます。そして、おばさんは芸を仕込まれることになり、思いがけず才能を発揮するのです。ガチョウの代わりにサーカスに出演することになります。ところが……おばさんがサーカスで目にしたものは？　そして何が起こるのでしょうか？　果たしておばさんことカシタンカの運命は……

この本はやはりゆっくり読んでほしいと思います。チェーホフはこの作品と、もう一作『白いおでこ（のイヌ）』を二つのイヌ物語として少年少女に勧めています。ところが、ロシアの文芸評論家、識者、文化人たちは、これらの作品を年齢を超えた家族メンバーが読めるものだと薦め、高く評価しています。登場する動物たちの名前の付け方からして素晴らしいそうですよ。そこに輪廻の思想を読み取ったり、繊細で確かな観察――作家の眼差しを評価したりしています。あるひとなどは、この本を読んだ後に、道で出会うイヌがすべてカシタンカに見えるとチェーホフに書き送っています。日本でもいままで様々な翻訳が出ているそうです。また、すでに明治時代にドイツ語か英語の重訳で読んだ日本の作家も多いそうです。一説には芥川龍之介の作品『白』(『蜘蛛の糸、杜子春・トロッコ他17篇』岩波文庫)という短篇も『カシタンカ』の影響を受けているとのことです。私は比較研究しているわけでありませんが、この『白』もとても興味深い作品です。

さらに、チェーホフはカシタンカをどこで見つけたのだろうかという問題があります。これもいろいろあって面白いことです。もしかしたら、次の章で、このことを詳しく書いたほうがいいかもしれませんね。だって、皆さんはきっとイヌがお好きでしょうから。

さて、フョードル・チモフェーイチという名のネコはチェーホフさんが飼っていました。このネコについて作者はしばしば手紙でも触れています。これもネコファンのために次章でご紹介いたしましょう。ブタやガチョウについても……

カシタンカって、どんなイヌ？　その2

チェーホフさんはブタとも一緒だったのかしら？　『カシタンカ』に登場するハヴローニャ・イワーノヴナと？

実は私が住んでいる一角に、ブタのピーちゃん、プーちゃんと三人？　で暮らしているお嬢さんがいます。きれい好きのブタたちと一緒に暮らすだけあって、なかなか清楚で感じがよく、いつも和服姿の、とてもきれいな方です。マンションの管理人も、画家でもある自治会長も、二人、いえ三人が町の人気者なので「ここでブタなどと暮らすのはとんでもない」などとは言わないと笑っておられました。

三人が散歩していると、ご近所の方から私に電話がかかってくるのですが、不在が多くて駆けつけることができません。でも、先だって幸いなことに、お散歩中の三人にばったり会い、ピーとプーにも挨拶することができました。言葉もかなり理解します。今度ゆっくり会って、カシタンカのようなイヌがすきかどうか、近所の人々についての印象など聞いてみるつもりです……

ところで、どの種族にも入らないけれど、とても可愛い存在、チェブラーシカ（『ワニのゲーナとおともだち』の一主人公）の生みの親、作家のエドゥアルド・ウスペンスキーさんが、ご夫人のエレオノーラさんとご一緒に日本を訪れました。開催中の〝ロシア文化フェスティバル〟の一環で招かれたのです。東京では、アイデアでいっぱいの素敵なスタッフが活躍する、とある書店の喫茶室でウスペンスキーさんがお話しをされました。申し込む人が多く早々と締め切りになってしまい、参加できなかった方も多かったそうです。また次のチャンスが来ますように！

さて、参加者のお一人が「ウスペンスキーさんの少年時代、あるいは青年時代に影響を受けた作家、音楽家、美術家はどなたですか？」と質問しました。ウスペンスキーさんははるか遠くを見る眼差しで言いました。「私が子どもの頃、ひどい戦争で、それどころではなかったのです。食べることにも事欠いたのですから……」お話は全体に子どもの小話や冗談に彩られ興味深いものでした。お二人でテレビやラジオで歌番組を担当しておられるので、エレオノーラさんが歌を披露してくれました。とても楽しく和やかなひとときを過ごすことができました。でも会が終わってから、質問された方が「あれは一番お聞きしたかったことです」と私におっしゃいました。それが忘れられなくて、せめて文学だけでもと折をみてお訊ねしました。「ああ、なんと言ってもプーシキン、ゴーゴリ。そして何よりもチェーホフだ！　あっ、そうだ芥川も」との言葉に私は嬉しくなりました。ね、またもやチェーホフさんですよ！　さらにウスペンスキーさんは肩をすくめながら言い添えました。「レフ・トルストイとドストエフスキーには用心深く近づきましたよ」

ウスペンスキーさんは冗談が大好きで、いつも面白いことはないかと虎視眈々《こしたんたん》としています。誰かさんに似ていないかしら？　そしたら「実はシャパクリャークは私自身がモデルですよ」とのこと。いたずら好きで天邪鬼《あまのじゃく》な、このおばあさん、シャパクリャークは身のこなしも軽やかでおしゃれです。意外と彼女のファンも多いのですよ。軽妙な『ターニャと愛犬ピラートのロシア便り』でお馴染みのターニャさんは、このおばあさんが大好きで、あるときファクスで一枚の絵を送ってきました。シャパクリャークとワニのゲーナの結婚式が描かれていたのです。家中に笑いがあふれました。そういえば、ウスペンスキーさんが言いました。「チェーホフに『イヌを連れた奥さん』というのがあるでしょう。シャパクリャークにはイヌではなくクマネズミのラリースカを贈ってみたのだよ。ちょっと変っている感じをだしたかったから……」なんだか、おばあさんが可愛く思えてきました……あら、ごめんなさい、チェーホフさん、寄り道してしまいました。わたし達のカシタンカに戻りましょう。

『カシタンカ』のテーマに貢献したのは何々だ、という類のことがソ連のアカデミー版チェーホフ全集第六巻の注釈に出ています。それをご紹介しましょう。まず、最初にチェーホフが世話になった作家のレイキンが自らある人に語ったと伝えられています。彼は有名なユーモア雑誌〝断片〟の編集長でした。『カシタンカ』が最初に発表された一八八七年のことです。その人はチェーホフにそのことを手紙に書いています。《カシタンカというイヌ物語のテーマをあなたに与えたとレイキンは言っています》。ついでですが、アンリ・トロワイヤの『チェーホフ伝』（八三頁、中公文庫）に彼らの出会いが活写されています。レイキンは若きチェーホフに〝断片〟への執筆を依頼した人ですから、なんだかありそうなことと容易に想像できます。

ところが著名な動物調教師で、モスクワに初めて常設の動物サーカスを創設したドゥーロフは別のことを語っているようです。晩年にギリヤじいさんと親しまれたジャーナリストのギリャロフスキーは、実に魅力あふれる著作『世紀末のモスクワ』（一九五五年、モスクワ）（群像社、一九八五年）の中で思い出しています。動物サーカスのアーチストがモスクワのチェーホフ宅をしばしば訪れ、サーカスに出演することになったイヌの話をしました。あまりメモをとらないチェーホフは、このときばかりは話のすべてを熱心にメモにとり、『カシタンカ』の誕生に貢献したというのです。

なんだか貢献度を競うことになってきましたね。

そして、もう一人現れました。一九六三年にロストフでチェーホフについて論文集が刊行されました。その中でチェーホフの同郷人、中学校の友人エフィーミエフの思い出が引用されています。彼自身は事情があって、この中学校を卒業せずに指物師になるべく誰かに弟子入りしました。エフィーミエフは、自分の師匠である指物師のところで飼われていた赤毛のイヌがカシタンカと呼ばれていたと断言しています。『カシタンカ』をお読みの方は、もうお気づきでしょう。作品の中でも、このとおりなのです。あまりにも出来すぎていると、ずいぶん、というか、最近やっと疑いを抱けるようになった私はちょっと驚かされています。《カシタンカは海辺を散歩するぼくたちの忠実な道連れでした。ぼくたち腕白があらゆるわるふざけをするときに一緒だったのです。アントン・パーヴロヴィッチ（チェーホフ）はぼくたちのカシタンカを描いています》

疑ってはみるものの、これは何とも心惹かれる思い出ですね。タガンローグで、アゾフ海の岸辺を少年たちが走る。カシタンカが喜び勇んで追いかけ、追いつき、ふと立ちどまって振り返る……　何か岸辺に落ちているものを遠くに投げては、それを目標にみんな一斉に駆けて行く。歓声をあげて。カシタンカは遊んでもらっているつもり。だから、ころげるように走る……　なんだか、ロシアの世界的な映画監督タルコフスキーの映画シーンみたいです。

だんだんエフィーミエフさんの思い出を信じたくなってきました。イヌの名前として〝カシタンカ〟というのは、ロシアに多いのかもしれません。昔の日本の〝ポチ〟とか〝シロ〟とか〝クロ〟のように。仕事でロシアに出かけるときにでも訊いてきましょう。

でもね、この三種類のお話はみんな本当のことかも知れません。チェーホフさんは微笑みながら、レイキンの提案も、動物劇場のアーチストのお話も熱心に聴いていたのではないでしょうか。もともと動物好きですし、作家ですから、別世界の、自分以外の人々の話に興味を抱いたことでしょう。それがはるか昔の思い出に繋がったのかもしれません。父親がまだ破産しておらず、店番で時間は少ないものの、男の子ですから海岸を走ったということも大いにあり得ます。忙中閑ありですからね。「ヒロコさんは信じやすく甘いからね」とノルシュテインさんの愛犬で、私によくなついているピラート（海賊のこと）に言われそうですけれど。ピラートは、私におねだりさえすれば欲しいものをもらえると信じて疑わない風なのです。でもね、食べ過ぎより、まず健康が大事なのよ、ピラートちゃん！

『カシタンカ』を書く前にチェーホフはレイキン編集長の〝断片〟に《モスクワ生活便り》のようなものを連載していました。そこに、サーカスに出演する、よく調教されたガチョウについて書いて（一八八五年）います。アヒルやガチョウはロシアの絵画でよく目にしますね。映像でもよく見かけます。これは、彼らが驚いてガア、ガアと走る動きが映像に特別な効果を生むせいでしょうか。

ブタのマーリヤについても〝断片〟に書いています。チェーホフ全集から引用しましょう。サーカスのお客さんの人気ものだったのがドゥーロフさんに調教されたブタでした。《踊って、合図に沿ってブウブウなき、……モスクワのブタたちには未だかつてなかった例だが新聞さえも読んだ……》とチェーホフさんは手放しで絶讃していますよ。

さてネコのフョードル・チモフェーイチはまさにチェーホフ家の一員でした。というわけで、チェーホフさんはイヌ派でもありネコ派でもあり、ブタもお好きだったのですね!!!

可愛い女《ひと》とは?

チェーホフさん、聞くところによりますと、あなたはずいぶん女性にもてたとか。美丈夫で著名な作家だったということもあるでしょうね。でも何よりも人間として魅力があったのだと思いますよ。二〇一〇年にあなたの生誕一五〇年を迎えようとしている現在、日本ではあなたの研究者が、あなたをめぐる女性たちについて書いているくらいですから。手元にあるこの本『北ホテル48号室』については次の機会にひもといて見ますね。

つい最近のこと、東京、銀座でロシアの〝マトリョーシカ〟という人形コレクションの展覧会がありました。様々なマトリョーシカが並び実に壮観でした。作家名が入ったものは、絵付けが実に多様になっています。ロシアから専門家タチアナ・アブーホヴァ先生が招かれて開催された絵付け教室の、日本の参加者たちのユニークなマトリョーシカも展示されていました。

壁面をふと見るとロシアの画家たちの絵が飾られています。その中の数点に目がひかれました。そして、さらにその中の小さな一点に釘付けになりました。〃村の図書館〃と題されています。雪の中に木造の二階建ての建物が描かれています。これが図書館なのでしょう。ふと涙があふれてきました。貧しげな村に、比較的立派なロシア伝統の建物。そこで村の子どもたちは、もしかして様々なロシアの作家の本をひもとくのでしょう。寒く長いロシアの冬に。やがてドストエフスキーにめぐり会うかもしれません。それにチェーホフにも。そういえば、私のロシアの友人が、遙か遠方の生まれ故郷の図書館にペテルブルクから本を贈り続けていました。残念ながら彼は故人となってしまいました。ああ、そういえば、チェーホフさん、あなたもそうでした。生まれ故郷のタガンローグに、しばらく住んだメーリホヴォの学校図書館にも、サハリンにも本を贈っておられましたね。この絵の中に佇む図書館が、ふと宮殿のように思えてきます。感性を、知性をはぐくみ、大きく深い世界を繰り広げてくれる宮殿……

さて今回とりあげる『可愛い女』の原タイトルはロシア語で〃ドゥーシェチカ〃といいます。この言葉は恐らく〃ドゥシャー〃（心、魂、心根、気質、気立て）から派生したのでしょう。この言葉を使って〃悪い意味〃を表すことを私はロシアで耳にしたことがありません。〃ドゥフ〃（精神、心、魂、真髄、精霊）は否定と肯定の両方を耳にします。日本語で並べると似たように思えますが、後者は思惟することをめぐる意識や心理としての精神や心を表現するようです。ドゥーシェチカの場合は〝気立ての良い女性〟という感じかもしれませんね。それが可愛いにつながるのでしょう。今流行の「かわいーっ！」とはちょっと違うのかしら？ いえ、共通するのではないでしょうか。

高校生の頃、私はこの作品が大嫌いでした。多分、女性が持っているかもしれない本能のような心を拒絶したのでしょう。もっと深く読みこなすことができなかったのです。女性の自立というテーマの方が大きく立ちはだかっていた時期でしたから。オーレンカことオリガ・セミョーノヴナは幼い頃からいつも誰かを愛しているような女性です。子どもの頃パパやフランス語の先生が大好きでした。そして年頃の娘になると、ティヴォリという遊園地を含めたアトラクション・スペースを経営するクーキンという男性に惚れ込みます。今で言うイヴェント・ディレクターといった仕事をしています。この人は別に格好いい男性ではありません。雨ばかり降って経営に響くと嘆く彼に彼女は同情したのです。そうなると彼が携わっている仕事をふくめて、オーレンカは全てを自分にひきよせてしまいます。芝居に関するクーキンの意見は、そのままオーレンカのものになってしまいます。そうこうするうちに二人は結婚します。そして二人でティヴォリの経営にいそしみ、彼女は俳優やお客からも大変好かれ、すべて順調に進んでいきますが、突然クーキンが出張先で倒れ、この世から旅立ちます。オーレンカの魂はまるでクーキンとともに旅立ったかのようです。ずっと喪に服していたのですが、三ヶ月が経った頃、教会の帰り偶然に傍を歩いていたワシーリー・プストヴァーロフに礼儀正しく情のこもった慰めの言葉をかけられます。《あらゆることに、それなりの秩序があるのですよ、オリガ・セミョーノヴナ》。彼は材木倉庫の管理を任されている人です。彼は続けます。

《誰か近しい人が亡くなったのなら、それは神様の思し召しなのです。その場合、わたしたちは自分をしっかりさせ、黙って耐え忍ばなければなりません》

　麦わら帽子をかぶり、金の鎖がついた白いベストを着た彼はさわやかで、声にはやさしさが込められています。〝Богу угодно〟という表現は最も強い慰めの言葉でしょう。神様にとって都合がいい、つまり〝神様の思し召し〟と慰められれば、オーレンカも打ち沈んでいられなくなります。やがてオーレンカはこの人と一緒になります。幸せになって輝くばかりのオーレンカを誰もが好意の眼差しで眺め、嬉しくなります。オーレンカはずっと以前から材木に関わっていたように本気で思うのです。彼女にとって大変大切な言葉は、みんな材木にまつわるものとなります。これで私も珍しい言葉の数々を知ることになりました。梁、丸太、小割板、薄板、木舞《こまい》、格子、台架、背板など。これは日本語でもちょっと難しい単語がありますね！　調べてみるとおもしろいですよ。

夫が思うことは正に彼女が思うことでした。二人は生活を味わいながら、仲良く楽しい日々を過ごします。夫が他県に材木の買い付けに出かけて留守になると、オーレンカはひどく寂しがります。晩になると悲しくて涙を流すほどに。そんなとき家の離れを間借りしている連隊付きの獣医スミルノフがトランプの相手をしてくれました。彼は浮気した妻を離縁していたのです。彼らには男の子がいて、スミルノフは毎月養育費を送っています。オーレンカは、そんな話を耳にして、子どものために妻をせめて一度は許して一緒に暮らすことをスミルノフに勧めるのでした。

残念なことにプストヴァーロフは風邪をひいて病みつき、四ヶ月患って、この世を後にしました。悲嘆にくれるオーレンカを、やがて救ったのはスミルノフでした。オーレンカは、今度は獣医関係の問題に大変詳しくなります。二人は庭でサモワールを用意してお茶を楽しみます。彼女は生きいきとして、周囲の人々も胸をなでおろし喜んで微笑むのでした。噂はたつものの誰もオーリャを非難したりしません。むしろ周囲の人々は喜んでいるようです。

やがてスミルノフは連隊の移動とともに、シベリヤ方面に出かけてしまいました。オーレンカはうちひしがれ、すっかり落ち込み、見る影もなくなりました。彼女には愛する人も、語るべきこともなく、まさに生きるしかばねのようです。荒れ果てた庭で悲しく沈み込むオーレンカは一気に年をとってしまったかのようです。一体オーレンカはどうなるのだろうと、彼女に愛着を持ち始めた私たちも心配になってきます。

　ところがある夏、思いがけずスミルノフが町に戻って来ました。妻と息子を連れて、アパートを探しているのです。この町に永住を決意したとか。オーレンカはすっかり嬉しくなります。一家に自分の住まいを提供します。こんなことって普通はなかなかありませんよね！　自分は小さな離れに移り住み、無料で提供するどころか一家の面倒を見るのです。息子のサーシェンカはもう中学校に通う年齢になっています。彼女は母親以上に、この少年の世話をします。彼女には再び愛する対象が現れたのです。そうした彼女を表現するチェーホフの筆致は見事で、脳裏には、そんな女性の姿がおのずと浮かびあがってきます。スミルノフ夫妻はやはり上手くいかないのか妻は実家に行きっぱなしになります。でもオーリャの愛情に包まれて少年はすくすくと育っていきます。オーリャは宿題

の面倒まで見て、今や彼女の人生の全てはサーシェンカとなります。母親に見捨てられたかのようなサーシャにとっては救いの女神でしょう。でも、サーシャはそのうちうんざりしてくることでしょう。そんなことは少しも書いていませんが、チェーホフは、愛すべきオーレンカの悲劇を暗示しながら物語を閉じます。いいえ、この先の物語を読者が続けられるように閉じるのです。なんとも心憎い終わり方です。

ぜひ、このお話を、女性も男性も読んでくださいね。いろいろな意味でお役にたつことでしょう。あのトルストイ翁が絶讃したといいますが、それはチェーホフの眼差し、繊細に陰翳をつけた〝ストーリー＝絵〟にたいしてだったのだと思えます。作家冥利に尽きるとはこのことかもしれません。

オーリャを好きになるか嫌いになるか、これが問題だ、という気がします。そして、そのどちらでもいいのですよ、とチェーホフが微笑んでいるのではないでしょうか。

いいなずけ

チェーホフさん、日本で刊行されたあなたのこの本を見ていると、楽しくなってきます。というのも、モスクワ国立映画大学美術学科で学んだラリーサ・ゼネーヴィチさんが仔細な時代考証をもとに描きあげた絵がとても興味深いからです。結婚を前にした若い娘ナージャの服装、散歩の折りに着ている彼女のワンピース、手には小さな日傘。ホームパーティにはちょっと優雅なワンピース、婚約者と出かける時の装いは花飾りがついた帽子がアクセントになっています。ナージャの家、その庭の様子、室内ではテーブルにサモワールが、ロシア風もてなしのシンボルよろしくデンと位置を占め、その傍らで、まさにロシア風にお茶を七杯も飲む、ナージャの遠い親戚の青年サーシャが腰かけている。家並みや町の中を走る馬車など、思わず十九世紀の、ロシアのどこか一地方の中流家庭の生活がいきいきと、イメージとして思い浮かぶからでしょう。

文学作品は、言うまでもなく言葉、文字で構築されています。そこに時代考証が確実になされた挿絵が置かれることの大切さを今更ながら想います。外国の翻訳作品の日本語の文章から喚起される事象を自分なりに想像すると、おおくの場合〝時代〟が欠落しがちです。日本のものだとまだ、絵画作品や映画、代々の家族写真等を見ていて、ヴィジュアルに関しても自然に予測できる場合が多いです。そんなわけで、チェーホフ作品の中で、これから散策する『いいなずけ』をはじめ『カシタンカ』や『可愛い女』（ナターリヤ・デェミードヴァ画）にはビジュアルとしての〝時代〟や〝歴史〟を考察することを、それとなく促されました……

ナージャは二十三歳で母親と祖母（母にとっては姑）と暮らしている。ナージャには婚約者がいる。町の大寺院の長司祭の子息アンドレイで、彼は慈善コンサートでバイオリンを弾いたりしているが決まった仕事はなく、《何をするでもない》。ナージャの母親もお祖母さんも同様だ。お祖母さんは自分が所有する不動産を貸し、その賃料で暮らしおり、家には四人の召使がいる。つまり、どこかで働いている人々ではない。忠実に宗教行事を怠らず、たんたんと暮らしているかのようだ。婚礼後に二人が住む家に婚約者に導かれ見学するナージャは、ここで、インテリアに対する趣味の違いなどを認識させられる。ちょっとショックを受けるナージャ。結婚式が間近になると、彼女は不安になり不眠症になって行く。そんなナージャにモスクワから休息に来ている遠い親戚の青年サーシャが「これでいいのですか？　勉強しなさい……」とけしかける……　啄木が自作詩『会議にふける人々』で触れた〝ナロードニキ〟（「ヴ　ナロード・人民の中へ」を合言葉に農村などに入り、多くの人々のために読書を普及し知識の獲得を勧める等の活動を行ったロシアの青年たちの事）の一人かもしれないサーシャ。遂にナージャはサーシャを見送るふりをして家出する……　このように一人の若い娘の、思いきった旅立ちが描かれていく。この作品の中で三世代の女性の考えや感覚など生き方が見えてくる。読者のお一人であるM・Aさんと『いいなずけ』についておしゃべりし合った。彼女は、自分の世代はナージャの母親ニーナではないか、当時は現在に比べ多くの女性が年若いうちに結婚しているのでと時代を考察をされていた。彼女はニーナの言い

草を記憶し、「おまえとおばあちゃんは私を苦しめる」「生きたいの！　生きることと！」と呟いた……　話し合っているうちに、この作品の多くの部分が現在と重なることがうかがわれた。時代が変わっても、まだそのまま残されていること、進化したこと、ある意味では退化したこと、見方、感じ方、置かれた立場によって、多様な見解が生まれてくる。そして〝男女平等〟とか〝女性の進出〟という表現も時代によって、その内実の本質が変わる……　ただ単に絵を楽しんでいた私は、多くの事を知らされ、学習することになり、深く考えさせられることになった。

そして、興味深い皮肉とか、理解しがたいユーモアなど何もなさそうで、簡素で単純な作品と思っていたのに……　でも、よく考えてみると、この作品が発表されたのは一九〇三（明治三六）年、何と、亡くなる一年前。チェーホフさん、あなたは、きっと、この先にロシアでも日本でも女性たちが、一個の人間としてめざめ、自己の権利を主張する時代が到来することを予想されていたのでしょう。少し後の一九一一（明治四四）年、日本でも平塚らいちょう氏が女性文芸誌『青鞜』を仲間とともに刊行したのです……

大発見　サハリン行きの謎解き

日本では、あなたのことが、あなたの作品が大好きな、お国のソクーロフ監督の映画『太陽』が上映され、多くの方々がご覧になっています。

この映画は日本をテーマにしているのですが、私はなぜか、あなたの作品を思ってしまいます。ずいぶん昔、私がまだ学生だった頃、東京であなたの作品をめぐるシンポジュウムがありました。そのときモスクワからチェーホフ研究者が何人か来日され講演しました。そのうちのお一人、キム・レイホウ（確か、こういう響きでした）という文学者が、あなたの作品を象徴して〝オープン・フィナーレ〟と発言され、俳句との比較をされました。私はちょうど辞書と首引きで『ねむい』という短篇を読み終えたばかりでしたので、とても強い、いいえ、衝撃といえるような印象を受けました。あなたの作品について、これほど言いえている表現を初めて耳にしたのですから……それ以降、キム氏から受け取ったこの表

現を私は、まるで自分のもののようにしています。でも、決して〝自分のもの〟と宣言しているわけではありません。こんな一言でも、自分が考えついたように勝手に使うのは、まるでおしゃれ泥棒みたいですものね！

当時読んだ『ねむい』という短篇が思い出される。……十三歳の少女ワーリカが赤ん坊を寝かしつけている。赤ん坊は泣き止まない。少女は眠くてたまらない。赤ん坊を泣かしたまま、うたた寝すればご主人様に殴られる。眠くて、とうとう気がおかしくなり、幻影を見て、自分の敵は赤ん坊であると気づいた彼女は赤ん坊を絞め殺して、床に倒れ、ぐっすり眠ってしまう。これでお話は終わるのだが……　この後、発見された時の、親の絶叫、悲しみ、一体、ワーリカの運命はどうなるのかと考えただけで何も手がつかなくなってしまう。この後の物語を、読者は知らず知らずのうちに続けてしまうか、続けることを余儀なくさせられてしまう。ああ、終わりがないと何度もため息をついたことが蘇えってきた。

あの時クラスメイトが「そんなに苦しむ必要ないわよ、お話は、単にお話として受け取ればいいし、映画だって小説だって、毎回その場かぎりにしないと、身が持たないわ。今は、そういう時代なのよ」と言った。思いやりからだろうが、やはりショックを受けた。食べ物でさえ、食べ終わってから、身体を通過しつつ、様々な栄養素を与えて、生きることにいそしんでくれるのに、作品が一回きりなんて、と、さらに悩ましくなったことが、まるで昨日起こったかのように鮮やかに浮かびあがる……

チェーホフさん、実はソクーロフ監督の作品もそうなのです。決して終わりがない、いいえ、ご自分の結論を決して押しつけない、と言った方がいいでしょうか。ソクーロフ監督はある対談で、映画の構成を考えるとき、文学作品に思いを致すと語っています。ですから彼が好きなあなたの作品を思い浮かべる場合だって、きっとあるにちがいありません。いつか、そんなことを、もっと詳しく監督に尋ねてみたいです。だって、映画作品の構成にしても、ときどきあなたの構成を踏襲していると思えることがあるからです。もちろん、これはまったく姿を変えていますから、盗作ではなく、あえて言うなら換骨何とかでしょうか。

最近よくあちこちで持ち上がっていることですが、盗作した方は「相手が我身に乗り移った」と弁解しています。私の友人、若い研究者も被害に遭いました。でも、彼女が若いからなのかどうか、誠実な対応がなされていません。乗り移るというとき、創造の世界では、相手の〝魂が乗り移る〟のです。それは創作魂ですから、内容をそのまま書き写すことはないでしょうね。書き写すことと、相手が乗り移ったように影響を受けることは別なのです。換骨奪胎という言葉さえあるのですから。あなたも、ずいぶん先輩作家の作品を読み込んでいらっしゃることが、ときどき分かります。最近、私は『すぐり』という短篇を訳しましたが、そこでもレフ・トルストイの作品について、登場人物に語らせていましたね。やはり何らかのかたちで出会い影響を受けていらっしゃるのですね。それなしに固有なものは新たに誕生し得ないとさえ極言できます。すると、あなたのサハリン行き、なぜ重い結核を患っていたあなたが、医師でもあるのに、あのような無謀な旅をされたのかという後代の研究者が解けない謎が思い浮かんできました。その謎に一条の光を与えてくれた一冊の本が『北ホテル48号室　チェーホフと女優たち』（牧原純、未知谷）です。

どんな人でも他人から何かしらの影響を受けるものです。そして、あなたも思いがけなく一人の女性と出会い、何らかの影響を受けたようですね……

チェーホフは一八八九年、肺結核を病み、さらに腸チフスと肺炎の合併症を起こした画家の兄ニコライを失っている。ニコライとチェーホフは相性が良かったし、画家としての兄の才能を大変高く評価していた。この本の表紙にはニコライが一八八四年に描いた二十四歳のチェーホフのポートレートが載っている。なんだか、天才ピアニスト、キーシンにとてもよく似ているので、私は見るたびに吃驚してしまう。ふと何かを考えながら顔をこちらに向けようとしている若きチェーホフ。こんな肖像画はニコライしか描けないだろうとさえ思えてくる……兄の看病で疲れきり、しかも彼を失ったチェーホフには、どうしても休息が必要だった。傷心のチェーホフを慰めようと、当時のマールィ劇場の中心をなす俳優で演出家のレーンスキーが提案し、チェーホフはオデッサ公演中の同劇団を訪れる。彼らが宿泊していたのが北ホテルだった。そのホテルの48号室は女優クレオパトラ・カラトゥイギナの部屋で、マールィの俳優たちのたまり場になっていたという。48号室で俳優たちはお茶を飲みながら、どんなおしゃべりをしていたのだろうか？　お茶だけだったのだろうか？　なにをつまみ食いしていたのだろうか？　たまり場になるくらいだから、女主人のカラトゥイギナはとても魅力があり、話も面白くて、接待が上手だったにちがいない。

晩年彼女が書いた回想記『A・チェーホフの思い出　わたしがアントン・パーヴロヴィチと知り合ったいきさつ』では、自分のことを〝口下手で社交性に乏しい〟と記述している。これはきっと謙遜ではないだろうか。

回想記執筆の頃のカラトゥイギナ（80歳頃）

あるいは時と場合で、思いがけず、そんな風に変貌したのかもしれない。チェーホフをめぐる女性たちのなかで、彼女はなんだかとても異色の存在に見えてくるので……

みんなのたまり場、48号室を、あるときチェーホフが、タガンローグの幼馴染セルゲーエンコを連れて、ひょっこり訪れた。この出会いについて知るには、やはり『北ホテル48号室』を一読しなければならないし、その価値が大いにあると確信する。この本には回想記に語られている、そのときのことが実に生きいきと引用されている。牧原さんがサハリンのチェーホフ博物館でふと目に止めたカラトゥイギナの写真。そのとき牧原さんから溢れ出た霊感と直感は、長年にわたる渾身の関わりからの閃きなのだと想う。「大発見でした！」と牧原さんは顔を輝かせた。チェーホフのサハリン行きに大いなる影響を与えたのは彼女だと彼は直感して、さっそくカラトゥイギナのことを調査した。その結果生まれたのが、この稀有な本なのだ……

チェーホフよりも十二歳年長のカラトゥイギナは、数奇な運命に出会い、モンゴル国境のキャフタやサハリンを巡業し、様々な出来事に遭遇していた。二人はかなり文通を重ねていることも判明し、その手紙も発見された。ロシアの最果ての地まで旅をした彼女にチェーホフは〝ロシア大地の大女優様〟という名称を捧げた。彼女に贈った自著にも、そのような献辞を認め、手紙でも、そう呼びかけている。

カラトゥイギナが48号室で語ったシベリアやサハリンの話をチェーホフも耳に止めたらしい。チェーホフは、その話を真摯に受け止めたようだ。この当時、ウイーンかどこかで休息をとる予定になっていたのに、チェーホフはそれをやめて、サハリン行きを決定し、それをやりとげた。それまでにも彼女と会えばサハリンの話をしたようだし、手紙で問い合わせたりしているようだ。もちろん、チェーホフは自分の内面の詳細については話していないだろう。カラトゥイギナはチェーホフのサハリンへの旅について暴挙と考え、少しも信じていなかったようだ。医師として作家としての彼の人生にたいする思いや強靭な意志を推し量る力は彼女になかったのかもしれない。

ちなみに、チェーホフのサハリン行きの謎について、ロシア大地の大女優様との関連、その影響についてはロシアでもまだ誰一人言及する研究者はいないと牧原さんはおっしゃる。これもまた不思議なことである。でも、これほどチェーホフを愛している日本ならではのことかもしれない。

そういえば、チェーホフの四大戯曲のひとつ『かもめ』には二人の女優が登場する。その一人、ニーナのイメージと人生にも、カラトゥイギナの登場で新たな解釈が付与されている。もちろん、牧原さんによって。みなさん、ぜひ、世紀の大発見をごらんください。そして新たな眼差しで『サハリン島』を『かもめ』のニーナを眺めてみましょう。

『箱に入った男』

この本の装丁、その卓抜さには驚かされます。この本をくるむ、やや厚紙のスリーブには左右に開いている棺（箱）が描かれています。そこに横たわるのは、単純化された絵ですが、一人の男のようです　左右には見開きの棺がそれぞれ水平に置かれています。そして裏側に描かれているのは閉じられた棺（箱）の底（表かもしれないが）と想えるのです。カバーそのものが本の棺なのかもしれない、ふと、そう考えたくなります。その4カ所にタイトル『箱に入った男』が刻まれていて、これも〝死〟という字音に繋がっていきます。そう言えば、いつかテレビの書評番組で講評者の一人がカバーを含むこの装丁を絶讃していたことが蘇って来ました……　チェーホフさんだったら、微笑みを浮かべ、目の光をカバーに注ぎながら「このユニークな本を、よもや茶毘に付さないでくださいね……」と呟くのでしょうか。いいえ、ロシアですから、多くは埋葬ですね……　土を掘って、静

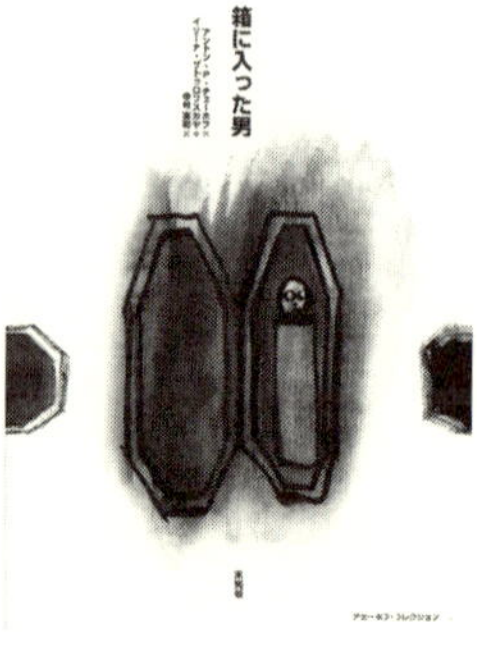

かに棺を下ろしていく……　ソクーロフ監督は「荼毘は耐えられない、埋葬なら、そこに眠っていると思えるので気持ちが落ち着くのです」と言っていましたっけ……　あら、ごめんなさい、チェーホフさん、すっかり脇道にそれてしまいました。この装丁を眺めていると永遠に瞑想にふけってしまいそうです……　それに挿絵は、一枚を除くすべてが見開きの真ん中に置かれています……　その謎は、やはりスリーブから来ているのです。これはもう説明し難く、プディングは……のことわざ通り味っていただかなければなりません……

挿絵やカバーの発想は、すでにお馴染のイリーナ・ザトゥロフスカヤさんです。二〇一六年二月にモスクワの国立トレチャコフ・ギャラリーで彼女の個展が開催されました。この展覧会のためにイリーナさんは一〇〇点の絵画作品の出品を目指しました。すべて作家のポートレートです。実にユニークなポートレートです。キャンバスだけではなく、どこかで見つけたり拾ってきたりした古い木の板、昔使っていた木製や金属製の洗濯板、錆びが表出しているトタンなどにも描かれています。そうした物たちは、「雨に、日差しにさらされ、風に吹きつけられ、長い歳月、存在し続けてきたので、自らに時の流れを秘めています。その〝流れ〟も利用させていただくのですよ……」とイリーナは語ります。

この展覧会の前には画家たちのポートレートを描きました。チェーホフさん、あなたの親友——もちろん一時期、チェーホフさんに罪はないと思いますが、仲たがいもしていたレヴィタンのポートレートもあったに違いありません。だって、彼は〝ロシアの自然の歌い手〟と言われる位の画家ですから。彼の作品『夕べの鐘』からは音も聞こえてくると言明したのは作曲家のカバレフスキーでした。アニメーション作家の宮崎駿さんもレヴィタン作品の大ファンで、《風立ちぬ》に二、三点引用していますよ。そう言えば、この一月に、ユージノ・サハリンスクのあなたの博物館《チェーホフ——『サハリン島』の本の博物館》でレヴィタン展が開催されていました。ああ、またもや横道に逸れました……

このお話は、趣味の狩猟の仲間である獣医のイワン・イワーヌイチと中学校教師のブールキンの二人が行き暮れて村長の家の納屋で一夜を過ごすことになります。二人は薄暗い中で果てしないよもやま話をしますが、獣医が村長夫人マヴラの噂を始めます。この一〇

年外出は夜だけ、あとはペチカの前に坐っている変わった女性だと。ところがそんなことは変わり者の内に入らないとばかりにブールキンが同僚のギリシャ語教師ベリコフが、まるで祖先はヤドカリかカタツムリで、その回帰現象のように自分の殻に閉じこもっていると話し始めます。晴天の日でもオーバーシューズをはき、こうもり傘を持参する、〃こうもりには袋をかぶせ、時計は黄色い革袋に入れ、鉛筆をけずろうとしてナイフをとりだすのを見ると、ナイフが小さなサヤに収まっている、顔さえ袋に入っているようでした〃(本文翻訳より) 外界を畏れ、影響を受けまいとするベリコフ先生の行動、発言など一部始終が語られます。読み進めるうち、私達は、どこかで思い当たる節があったり、自分の中にベリコフ先生のささやかな片鱗を見つけたりします。取り仕切ったり、規則とか自分の常識をおしつけたり……自分の思うようになっていなければ居ても立ってもいられない、何とも落ち着かない、耐えきれず、お節介を焼く……　この人物像を描くチェーホフの筆

は冴えわたります。そんなベリコフ先生にも思いがけない、そう、まるでモノクローム映画がカラーに変わったかのような多彩なことも起こります。そんな中で、ある出来事が引き金になって、ベリコフ先生はついに亡くなるのです。私たちが最初に、やや厚紙のスリーブに描かれていたイリーナさんの絵、棺に横たわる男こそ、ギリシャ語の先生ベリコフだったのです。心なしか棺（箱）の中に入って、やっと満足し、ほっとしたのでしょうか。ああ、それとも周囲の人々が解放感に浸ったのかもしれませんね。ブールキンが語り終えたときの、あたりに流れる時間の経過などに抒情あふれる表現が施されています。夜しか外に出ないマヴラの気配がします……　二人は納屋でぐっすり眠り、翌日再び狩猟に出るのです……

　翌日、雨に降られた二人は、アリョーヒンの家に泊ります。そこでイワン・イワーヌイチが実弟のことを語ります。それが『すぐり』（本書七三頁）であり、翌朝アリョーヒンが、実らなかった自分の恋物語を二人に聞かせます。これが『恋について』（本書六七頁）であり、三部作の形をとっていますが、各作品が独立もしているのです。それぞれが異なったテーマで、実に生き生きと描かれ、心打たれずにはいられません……　三作にイリーナさんが絵を描いていますが、これもチェーホフの筆運びと響き合い一つの世界を織りなしています。

もうひとりの女性　リディア・アヴィーロワ

チェーホフさん、あなたとの出会いについて手記『チェーホフとの恋』（原題　わたしの人生のなかのチェーホフ）を残している女性がもうおひと方いらっしゃるのですね。これは、あなたがこの世の全てと別れを告げたずっと後に刊行されましたから、あなたはご存知ないとか。著者のアヴィーロワさんは、生前に発表を許可しなかったそうですよ。ですから彼女の没後四年の一九四七年にロシアで刊行されました。でも、彼女は作家ですから、チェーホフさんはきっとこんなことを予想されたかもしれませんね。だって、あなたは彼女との交流を、三部作のひとつ『恋について』に挟み込んでおられるのですから……

彼女の手記は日本でも翻訳され、ブブノワさんの素晴らしい挿絵がつけられています。

アヴィーロワとの交流はチェーホフの作品に明らかに反映されている。まず、戯曲『かもめ』（堀江新二訳、群像社）には、アヴィーロワが送ったロケットが三幕のエピソードとなって登場する。作家トリゴーリンに別れを告げるニーナ。

ニーナ：……ほら、この小さなロケットを記念にお受け取りください。あなたのイニシャルを彫らせましたの……こちら側には、あなたのご本のタイトル『夜と昼』を。

アヴィーロワは、ペテルブルクでの『かもめ』の初演に作者から招かれ、アレクサンドリスキー劇場に駆けつけた。ご存知のように初演は拍手喝采と野次と怒号に見舞われ、結果、失敗に終わった。でもアヴィーロワはチェーホフの言葉《……あなたにお返事をしますよ。……注意深く芝居の筋を追ってください……》を信じた。この場面に出会ったときの驚きと興奮、その晩眠れずに芝居で語られた〝『夜と昼』の一二一頁の十一と十二行〟を捜し求めた。この事実は、ぜひアヴィーロワの上記著作でご覧いただきたい。チェーホフの作家魂なのか、悪戯なのか、とにかく今に至るまで、このお話は、そこに分け入るならば、私たちを大いに楽しませてくれる。前章でもニーナのイメージについて少し触れたが、一人の登場人物を創りあげる上でチェーホフは様々な女性が持つ特質を吟味し、昇華させ、箱根の寄木細工のように、ひとつの姿にはめこんだ上で収斂させていることが、この『チェーホフとの恋』を見るだけでもはっきりと分かる。

　さらにチェーホフの短篇『恋について』を見てみよう。三部作の組み立ては、第一部の『箱に入った男』で教師のブールキンが同僚のギリシャ語教師のことを語る。第二部の『すぐり』では、土砂降りの雨にあったブールキンと獣医のイワン・イワーヌィチが地主、アリョーヒンの許に身を寄せ、獣医が実弟のことを語る。第三部の『恋について』では、その翌朝、アリョーヒン宅で恋愛談義に花が咲く。そこでアリョーヒンが、すでに過去のこととなった自分の、人妻への恋物語を打ち明ける。

　その筋立ては、姿を変えているものの、まさに、アヴィーロワとチェーホフとの出会いと別れに重なっていく。アヴィーロワはそれを読みこみ、過去を振り返り涙にむせぶ……

彼女はチェーホフに出会って恋に陥った。だが、そのとき半年前に長男を生んだばかりの若い人妻であった。しかも彼女は少女の頃から作家になることを志し、すでに小品を書いていた。モスクワからペテルブルクの恵まれた家庭の子息に嫁いだ彼女は何不自由なく、夫に不満があるといっても、生活の本質をなすには至らず、夫はそれなりに彼女

を大事にし、認め、愛していた。何よりも彼女には作家になるという夢、目的があった。だからこそ、彼女はチェーホフとの恋を成就しようとする強い意志も、思いもなく、ただひたすら夫と子どもたちのことを考え、自分の情熱に身をゆだねたりしなかった。そのために、自分に対する不甲斐なさ、失うものにたいする愛惜の情に身もだえする苦悩を味わう。

一方、チェーホフは実のところどうだったのだろうか？　作家のブーニンは、チェーホフが本当に愛したのはアヴィーロワだったと信じていた。ことに『恋について』は、まるでチェーホフがアリョーヒンに託して愛する人妻への思いのたけを語ったと解釈できないこともない。しかし、この作品をより深く読んでいくなら、チェーホフの作家魂の深遠さと規模を推し量ることができるだろう。そして作家アヴィーロワの正直さと誠実さを感じないわけにはいかなくなる。

実は、『チェーホフとの恋』を読む限り、アヴィーロワは『恋について』を深く読み取ることができなかったのだ。彼女は、それを実に率直に認めている。《何がその〝より高い〟ものだったのかわたしには理解できませんでしたし、何が幸福や不幸、道義や罪悪を越えて一層重要なのかも、わたしには分からなかったのでした》

チェーホフのこれら三部作には、作者の理想とする考えが、作中の語り手によって私たち読者に直接伝えられる。そのような意味で、この三部作は、今の私たちには分かりやすいと思えるのだが……　いや、そうでないかもしれない……

『恋について』の中で触れられる〝より高いもの〟の部分を引用してみる。

　恋を（愛）するなら、この恋（愛）についての判断は、ごくありふれた考え方による幸福とか不幸とか、罪悪とか美徳などよりも、さらに高尚な、もっと重要なことから出発すべきで、そうでないならまったく考える必要はないということを私は理解したのです。

　実は、この文章の前にチェーホフは書いているのです。

　――私は彼女に恋（愛）を打ち明けました。そして、焼けつく痛みとともに私たちが恋（愛）することを妨げたあらゆることが、いかに取るに

足らない些細なことか、欺瞞に満ちたことかを理解したのです。

上記の文章にたいしてもアヴィーロワは《彼は一体何を言おうとしたのか》と自問している。自分の身に引き寄せるなら、彼女はそう呟くことになったのだろう。アヴィーロワは、何と正直なひとだろうか！

もうひとつ、〝Любовь〟を〝恋〟と訳すのか、〝愛〟と訳すのかで、意味がかなり違ってこないだろうか。いずれにしてもチェーホフが提起したテーマは、大変複雑な事柄だと思う。

現実にアヴィーロワがチェーホフへの思いを抱きながら、身を引いていったから、彼はもっと彼女に甘え、求めていったのではないか。実に節度をもって、すべてを知り尽くしていて。家庭を破壊するような熱情に身を投げ込もうとする自分をアヴィーロワが見つめてい

ブブノワさんの挿絵

ることも知っていたにちがいない。自分を凝視していたからこそ、彼女は熱い恋の坩堝に身を投じることができなかったのではないか。そのこともチェーホフは十分知っていただろう。彼にとって、それは身を焦がすほど切ないことであったかもしれない。だからこそ、

ブブノワさんの挿絵

とても重要な二つの時期に彼はアヴィーロワに懇願したのだろう。これは、彼女の回想記をお読みいただかなければならない……

アヴィーロワはチェーホフの申し出を拒絶することで、自己犠牲を果たしたのか、真の幸福を確保したのか、それは誰にも分からない。同様に、チェーホフについても同じことが言えるだろう。二人が、ごく自然に、まるで久しぶりに懐かしい人に再会するように、最初の出会いを果たし、様々な節目に交流を重ねていた頃、チェーホフはまだオリガ・クニッペル、未来の妻に出会っていなかった。もしアヴィーロワが歩み寄っていたら……という仮説を立てる研究

者もいるくらいだ。だが、私には、チェーホフはアリョーヒンの感慨を初めから持って生きていたとも思える。少なくとも、そのような点もあったことだろう。何しろ、医学と文学に、結局は囚われていたのだから。その眼差しは二重に鋭く透徹したものだっただろうから。ブブノワさんが描くチェーホフは、そんなイメージをことさら与える、と思うのは考えすぎだろうか？

チェーホフはあそこで、「日本人がわたしを〝鋭く透徹した眼差し〟に幽閉しようとしているな」と笑っているかもしれない。

これも一種の嫉妬かな？

皆さん、あちら側にいらっしゃるのに、チェーホフさん、ごめんなさい！

すぐりはどんな果実？

チェーホフさん、珍しく、嬉しいことがありました。あなたの作品を読みながら、私が住んでいる周辺を見ると、一〇〇年以上も経っているのに、同じだ、変らないと嘆くことがままあります。もちろん、あなたの責任ではありませんし、一方では、あなたの作品がかくも新鮮なのだと驚かされもするのです。

しかし、私の国で変ったこともあるのです。眼差しを大きくし、耳をもっとそばだてなければなりません。ある放送局の会長H氏が、言論の自由に基づいて報道の厳正さ、客観性を守る、報道はあらゆる権力から切り離されて自由であるべきだ、という趣旨の宣言を、最近、報道陣に向かってされたのです。思わず涙がこぼれました（これを二〇一六年現在の状況から見ると遠い昔のことのように思える）。

実は以前、私はあなたのように物語を書こうとしたことがあったのです。昔の時代を背

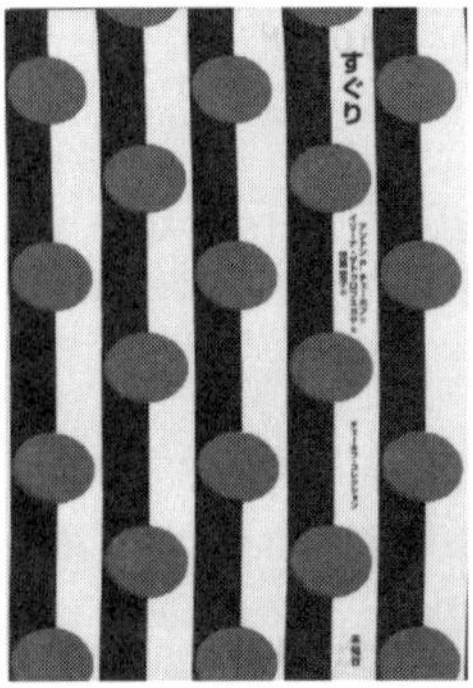

景に描くつもりで図書館に通いました。第二次世界大戦前後の、日本の各種新聞を読むためです。そして唖然としました。どれだけ虚偽の報道がなされていたことか！　ただただ驚き、恐怖さえ抱きました。

私たちは知人、友人と話していて、よく口の端に上すことがあります。「ねえ、大丈夫、これはよく効くわよ。新聞にも出ていた」、「そうね、テレビでも言っていたわ」と。これは私たちがいかに活字や映像を信じているかということなのです。だって、公衆に向かって「嘘をつくはずないじゃない」という気持ちです。そんなとき、ふと、あの調べ物をしていたときの恐しさが蘇えります。あのとき私は知ったのです。時流に乗って、というか信じ込まされて、軍国教育を実施し、軍国少年や少女を育んだ教師たちが〝教え子を二度と戦場にやらない〟と誓いあったことを。しかし、報道陣の反省とか誓いには出会いませんでした。これは私の不注意かもしれませんが……

そう、ほとんど国民みんなが一体となって、あの戦争に突入したのです。それもそのはずです。虚偽の報道も大きな役割を果たしていたのでしょうから。人々は騙されていたのです。これは相互の責任かもしれません。いずれにしても、私はマスコミを単純に信じないよう絶えず自分に言い聞かせるのです。そうしないと、つい忘れてしまいます。そんなはずはないと思えるほど、テレビもラジオも、新聞も雑誌も、それに携わる人々も立派な姿をしていますから。というわけで、あの会長の発言はぜひあなたに知っていただきたいほど誇りにできることでした。とても嬉しいニュースでした。

ところで最近、あなたの短篇『すぐり』の読者からお手紙をいただきました。《すぐり、とはどんな果実でしょうか？　チェーホフさんもお好きだったかしら？》というものです。ロシアの方々が、すぐりの、甘酸っぱいフルーツ煮をお好きですから、きっとチェーホフさんもお好きだったのではないでしょうか。あなたは大変園芸がお好きだったとか。日本では『チェーホフの庭』（小林清美、群像社）という本さえ出ているのですよ。

私は昔モスクワで『ロシアの森の恵み』という本を買ったことがあります。これは第一部がキノコについて、第二部が森の果実（Лесные ягоды——森の草や潅木に実る果実）や森の美女と称して花を咲かせる樹木について述べられ、とても興味深いものでした。でも、この本の題名『すぐり』についてはは記述がなく、〝フサスグリ〟についてのみでした。そしてペテルブルクの岸辺で毎年開催される園芸市で見つけた本『潅木の果実——植え付けから収穫まで』には三〇ページにわたって、スグリについて記述されているので吃驚したことでした。

スグリは十八世紀半ば以降にヨーロッパ諸国、ことにイギリスで栽培するのが大変流行したそうで、その種類は一〇〇〇も数えられるといいます。二十世紀までにロシアでは十三種類、その内の一種が出自不明のロシアの自生種で、もう一種が〃うどん粉病〃に強いアメリカ種で、残りの十一種が西ヨーロッパ産とこの本に記述されていました。この十年、スグリブームがロシアに再現しているそうです。

Крыжовник は日本語でマルスグリとかタマスグリとか呼ばれ、英語ではグースベリー（Gooseberry）と言うようです。私自身は東京在住なのでマルとかタマは扱ったことがなく、園芸店でフサスグリを求めて愛でていたことがあるだけです。

スグリは一般にロシアのセカンドハウスでよく見られます。もっとも普及していたのが薄緑のマルスグリだったが、最近は黄色味がかったのが流行っているそうです。これはイギリス・イエローと言われています。

チェーホフの『すぐり』では、生のまま食べていますが、それだけではなく、ジャム、フルーツ煮、コンポート、キセーリ（果実やからす麦などを個別にねったプディングのような舌ざわりのデザートでフルーツ味、ミルク味など様々ある）、ゼリー、ピューレ、スープなどを作ります。ちょっとスープの作り方を披露しましょう。

材料：水一〇〇ｃｃ、スグリ三〇〇グラム、砂糖二五グラム、片栗粉（ロシアではポテ

トの澱粉）四グラム、香辛料（ヴァニラ、オレンジやレモンなどかんきつ類の皮）

作り方：水に洗ったスグリ、砂糖、好みの香辛料を入れ、スグリの形が部分的に崩れるまで煮ます。澱粉を入れ、もう一度沸騰させて出来上がりです。ここに、好みに応じて、小麦粉をねって作ったものを入れます。甘い〝雑炊〟とか、東北の〝ひっつみ〟みたいですね。オートミールなど穀類を入れてもよいでしょう。

ついつい話がスグリそのものどころか、スープにまで行き着いてしまいました。

では『すぐり』とは、どんな話だろうか？　この作品は前章でも触れた『恋について』という短篇と同時進行のように書かれ、一八九八年にどちらも雑誌〝ロシア思想〟八号に発表された。この二作品に新たに新作を付け加えるつもりでいたが、実現しなかった。しかし、その前に、チェーホフは同年同誌七号に短篇『箱に入った男』を発表している。結果として、これら三篇は三部作となった。最初に書かれた『箱に入った男』の主要な登場人物は中学校の教師ブールキンと獣医のイワン・イワーヌィチ。ここではブールキンが、とうとう箱の中に入ってしまったギリシャ語教師のことを語る。次の『すぐり』では彼ら二人が土砂降りの雨に遭って、地主のアリョーヒン宅に雨宿りして泊まることになり、晩の語らいでイワン・イワーヌィチが弟のことを物語る。そして『恋について』では、美味しい朝食の折に恋愛談義が始まり、主のアリョーヒンが自分の叶わなかった恋の、辛い思い出を語る。

イワン・イワーヌィチは実弟ニコライ・イワーヌィチのことを語りますが、彼らは少年時代を村で過ごします。イワンは獣医になるが、弟ニコライは十九歳から県の税務庁に勤めます。彼の切ない夢は、地主屋敷を購入して村に住むこと……　夢を実現するためにニコライは切り詰めた生活を送る。気の毒に思う兄が送る何がしかの資金さえ溜め込んでしまう。彼の生きがいは屋敷を購入することで、何度もそのプランを立てては楽しんでいます。プランに書き込まれるものは、地主邸、使用人の部屋、菜園、スグリの潅木です。四十歳を過ぎて、やっと屋敷を購入します。夢見たものとは程遠いが、彼はめげずに二〇株のスグリを購入して、狭い菜園に植えます。様子を見に弟を訪ねた兄が目にしたものは何だったのでしょう？　そこで兄イワンが自分自身に見出したものは何だったのでしょう？　イワンは二人の友に心を込めて語ります。その話には、胸を打たずにいられないものがあります。イワン・イワーヌィチの口をついて出てくる感慨は、一つの警鐘のように響きます。このどうしようもない人間社会を何とかしたいという熱い思い。だが寄る歳にはかなわない。ああ、もっと若かったらという痛恨のため息がもれる。かれの語りをいくつか引用してみます。

「……すべては静かで穏やかで、ただ物言わぬ統計表（現在では統計表にも、時に欺瞞が見られる。いかなるデータで作制されているのか、ご注意を！）のみが抗議しているのです。心の病で気がおかしくなっている患者は何人か、何リットルのアルコールが飲まれたか、栄養失調で何人の児童が死亡したかなど、数字ばかりです……」

「……幸せな人々が自分を快く感じることができるのも、不幸な人々が自分の重荷をただ黙って背負っているからです」

こうして引用すると切りがありません。人の幸せに、どこか悲哀を見出すイワンの話に、どうか耳を傾けてあげてください。この作品には、チェーホフさんが私たちに直接言いたかったことが詰まっている。そう思います。

『中二階のある家』　ある画家の物語

チェーホフさん、こんにちは！　ありがたいことに今日はゆったりした時間が流れました。画家Nと一緒に、ロシアの村を散歩しました。《……暗く美しい並木道》を通って地主屋敷に迷い込みました。《テラスと中二階のある白い家を通り過ぎ》ながら、その窓を眺めたのです。あまりにも世の中がせわしくて、世界中で信じられないような事件が起こり、そのたびに気持ちがざわざわして落ち着きません。

そこで、あなたの『中二階のある家』（工藤正廣訳、未知谷）を手に取りました。人生がしみじみといとおしくなる世界が、この作品に繰り広げられます。それが、そのまま伝わって来るような名訳でした。久しぶりに読んでみると、あなたがこれを一八九六年にお書きになったなんて信じられないくらい、作品が新鮮に胸に響いてきます。それは、私たちにとって今なお未解決な、いいえ、今にして思えば永遠に取り組むべき問題にあなたが心を砕いていらしたからでしょうか。

地主の邸に逗留している私こと画家Nはヴォルチャニーノフ家の人々と知り合い、出入りするようになる。そこの長女リーダは村で地方自治体の学校の教師をしている。あの頃農村などで活躍していた人民の意志派《ナロードニキ》の人々を思わせる女性だ。しかも資産家の家庭に暮らしながら教師としての仕事で給料を得て、経済的に自立している、当時としては先端を行くまだ少数の女性です。彼女は、無為な生活を送っているかの画家を疎《うと》ましく思う。二人は顔を合わせれば、互いに論敵になって激しく議論する……彼女の妹は十七歳ほどの初々しい娘で、あだ名をミシューシという。往年の美女の面影をとどめる姉妹の母親は長女のリーダの言うことに同意して口癖のように相槌《あいづち》をうつ。「そうね、リーダ、その通りよ」

二人の娘、ことにリーダは端正な美人である。彼女を一目見た画家はその美しさを次のように表す《ほっそりとして青白く、とても美しく、栗色の毛を頭上に巻きあげ、小さなくちびるは頑固そうで》。別の日、彼女の印象を画家は同じように強調する《ほっそりとして美しく、小さく優美な形のくちびるをした……》。いかにも、古典風な美女の姿です。

リーダはどうも画家と相性が悪い、というより社会問題をめぐる二つの姿勢、考え方を二人に象徴させている。何かまじめな社会問題に触れた話になるとリーダはそっけなく、こんな話は退屈でしょ、と画家に言い放つ。彼は、自分は彼女にとって好ましくないと思う。

《私は彼女に好感を持たれなかった。彼女は私を好きではなかった。私が風景画家で、自分の絵に人々の困窮を描かず、彼女がかくも強固に信じていることに対し私が無関心だと考えていたからだろう》

このような表現の骨組みはロシアの巷でよく耳にするし、この否定詞を取り去れば逆の表現にも使えるので便利だと思う。あっ、話がそれてしまいました。ごめんなさい！

実はこの作品を書いていた頃も、チェーホフは社会活動に余念がなかった。医師として可能な限り、というより体力の限界を超えるほど農村で、自宅で貧しい患者の診察や治療を引き受けていた。コレラが流行ったときは治療や調査にあたった。地方自治体の派遣医だったが給料を断り、現在で言うボランティアを行っていた。そればかりか、真の作家、知識人として人々の教養を高め、識字率を上げるためにも学校を設立し、図書館の蔵書を拡充した。チェーホフは、人々の人々による地道な社会変革、人間精神が豊かに育まれることを望み、その実現に努めた。だから、チェーホフの実生活を知れば、リーダの生活姿勢や内容はまさに〝チェーホフ〟そのものの姿を髣髴《ほうふつ》とさせる。

「……手をこまねいて、じっと坐っていてはいけないのです。本当に、私たちは人類を救うことはできません……おそらく間違いも犯すでしょう、でも、できることを私たちはやっているのです……」とリーダは説明する。

一方では、少数の自覚した人々の懸命な努力や活動が、何かを知ろうともしない多くの、無知ともいえる人々、大多数の貧困や不幸を考慮しない行政にたいし、それほど効果をあげていない現実を見据えていたチェーホフ。その冷静なまなざしを画家の発言に感じないわけにはいかない。画家は、リーダたちの活動が根本からの解決にはなっていないと迫る。それを「あなたの窓の明かりが、この広大な庭園を照らせないのと同じ……」と例える。

リーダはいら立ちを募らせ「……それでも何かをする必要があるのです！」と悔しそうに声を高くする。

画家もまたリーダ同様に作家の分身であるのだろう。叙情あふれるこの作品は二人の登場人物の姿勢によって深く社会性を帯びてくる。何よりも、リーダと画家の議論はいまなお私たちが引き継ぎ発展させなければならないのではないかと思えてくる。つまり、あれから一〇〇年以上もたっているのに、この社会の本質はそれほど変わっていないのではないだろうか。私たちが抱える社会問題も解決されていないのではないだろうか。確かに、一〇〇年前には想像もできなかった便利さを私たちは獲得している。ある種の豊かさも蓄積されてきた。だが別の形をとった不幸、苦悩に取り巻かれ、それゆえに様々な問題が起こっているではないか……　多くの人々が食べるための仕事だけに時間を費やすのではなく《魂について、神について考える時間を持ち、自分の精神能力を広く発揮できる——絶えず真実と生きる意味を探せる》ようにすべきだと画家は説く。ああ、なんということだろう！　これはいまだに私たちの強い願いではないだろうか。もし、このようなことが実現するのなら、この世界は、私たちが生きている社会は、どれほどよい方向に進み、住みやすい場所になることだろうか！　いまだに実現からほど遠いのに、現在このようなことがあまり語られないのはどうしたことだろう……

さて、この作品に何ともいえないような姿で登場する妹のジェーニャ、ことにミシューシはどうだろうか？　この挿絵を描いているマイ・ミトゥーリチさんにはモスクワでお会いしたことがある。大きな窓から街が少し見下ろせるアトリエで、お話を聞いたり作品を見せていただいたりした。長身でめがねをかけているミトゥーリチさんはとてもチェーホフに似ていると思った。日本にもチェーホフさんを思わせる方々がいらっしゃるが、私にとって、そういう方々は〝素敵な人〟と同意語といえる。それはともかく、ミトゥーリチさんの挿絵を見て私はとても新鮮な印象を持った。なぜか私はこの物語に〝恋〟をそれほど感じていなかったからだ。私はミシューシを直ちに何かの擬人化のように捕らえてしまった。てのひらに止まったのにふと飛んでいってしまった小さな蝶のような、そこを照らしていた陽だまりのような、とてもいとおしく、大事なのに消えてしまった夢のような存在。あれは、まだ実現していない、何か特別にすばらしいことを象徴しているというように、ミシユーシの姿を想い描いていた。

ミトゥーリチさんが描くミシユーシと画家は若々しい姿をし、二人を眺めるだけで気持ちが楽になり、希望がひそやかにやってくるような雰囲気が漂っている。一種のカタルシスがやってくる……「ミシユーシ、君は今、どこに？」Мисюсь, где ты?

ミトゥーリチさんは、ロシア未来派の詩人ヴェリミール・フレーブニコフの甥にあたる。詩人には子どもがいなかったので姓を継いでいる。フレーブニコフの妹ヴェーラを母に、ロシア・グラフィック派の創始者でフレーブニコフの死を見取った画家ピョートル・ミトゥーリチを父に一九二五年五月に生まれている。「五月生まれなので、

名前をマイとつけたのですよ。だから私は〝サツキさん〟です」と微笑んだ。ミトゥーリチさんの絵本が福音館書店で出ているし、工藤正廣氏の翻訳によるフレーブニコフの物語詩『シャーマンとヴィーナス』で挿絵を描いておられる。透き通るような色調は、そのままミトゥーリチさんのお人柄を思わせる。母親のヴェーラさんが幼いミトゥーリチさんに読み聞かせた自作の童話『ティルとネリ』(北川和美訳、上記ともに未知谷)にも。

また話がそれてしまったが、ミシューシのことに話を戻そう。彼女は、羨ましいことに一日中読書に耽っている。画家の目を通して描かれるミシューシはまるで清楚な〝本の妖精〟だ。こんな少女がまわりにたくさんいたら、どんなにすてきなことか。これは作家の夢ではないか。チェーホフも、こんな読者がたくさんいたらいいなと思ったに違いない。どこかでこんなに本好きな少女を見かけたのかもしれない。母親を愛し、姉を敬愛し、画家を敬い慕う少女。画家は彼女に、この世のものではないような〝憧れ〟を抱いたのだろう。二人の姿は淡い色調、あるいは〝サツキさん〟が描く清らかなコバルトブルーにぴったり。画家の声が聞こえてくる。——

アオサギとツル

チェーホフさん、この作品はチェーホフ・コレクションに、あら違った、これは、あなたの作品ではないのです。ロシア民話なのです。でも、これをチェーホフさんの作品のようだ、と断言されたのが川本喜八郎先生です。川本先生はお亡くなりになりましたが、日本の人形アニメーションの大家で、人形作りの名人です。少年の頃、お婆さんから人形作りを教わったのが始まりとのこと……　和服を召されても洋装でも実にシックで素敵でした。最後の作品は折口信夫原作の《死者の書》でした。この後に中国の詩人李白を人形アニメーションで描きたかったのです。李白の人形が一体できていました。この作品の最後は、月夜の晩、李白が酒に酔いながら詩を詠み、揚子江に落ちて溺死する場面です。「このシーンは、ノルシュテインさん、あなたが創ってください」と。そんなわけで、私は李白の〝白鳥の歌〟の日本語訳、ロシア語訳を探し、さらに原詩朗読の音源を探していたの

です……　ある時、川本先生は、李白の人形を〝酔っ払う姿に変容させて〟とユーラに頼みました。彼は即座に人形を酔っ払いに変容させました。その折りの川本先生の嬉しそうなお顔が忘れられません……

川本先生を、お国のアニメーション監督ユーリー・ノルシュテインさん、愛称ユーラは「チロー」と呼んでいました。ユーラのアニメーション作品に、この《アオサギとツル》があるのです。

アオサギとツルが住んでいて。ツルはアオサギ嬢に求婚します。アオサギ嬢は、いやよ！　と肘鉄をくらわします。しかし、ややあって、痛く後悔してツルの所に駆け付け承諾するのですが、今度はツルが厳しく断ります。「花子は太郎の嫁になりたいが、太郎は断るのさ」こんなことをのたまうのです。しかしアオサギ嬢がトボトボ去って行くと、激しく後悔の念に襲われ、駆けつけますが……　こうして二人、いえ二羽は行ったり来たり……　永遠に〝めでたし、めでたし〟とならないお話です。ユーラとフランチェスカは作品を創り上げる上で北斎の雨や叢《くさむら》の描き方を学んだということです。とはいえ、雰囲気はヨーロッパ風です。このアニメーションを観終わって、チローは「まるでチェーホフだ！」と叫びました。「チェーホフの雰囲気でしょう⁉」と笑顔で先生に言われると、私は「ええ、まさに！」などと即座に同意しました。ユーラも「そうかもしれない……」と言い、ついに「そうだ、そうだ、チェーホフが何といっても一番！　知らない間に影響を受けているのだろう」と。永遠に続く「行ったり来たり」、つまり〝終りのない終り〟、〝果てしない終り〟、〝永遠の未定〟、別の言い方をすればキム・レイホー先生のご指摘と同じく「オープン・フィナーレ⁉」

だがチェーホフの〝終り、ズィ・エンド〟は、私たちが続きを作って、終わらせることができる。しかし、アオサギさんとツルさんの行く末はどうにもならない……　ますよ、やはり私たちが作れるのかなあ、空想の中で……

拙宅の近くに、いつの頃か、髪を金色に染めたが故にパトリックという名をさずかった青年が住んでいて、彼と彼女のお二人も行ったり来たり。ご近所の小母さん連が「早く一緒になんなさい！」とか「いつ、一緒に暮らすようになるの？」と声をかけている。私はチェーホフ風作品と評判が定着した《アオサギとツル》のお蔭で、余計なことは言っていない。でもパトリックに頂き物のおすそわけを届けると、数日してからアオサギ嬢、いえ、彼の彼女、心なしかサギの姿に似たY子さんから「おいしいもの有難うございました！」とお礼を言われる。そうだ、未知谷のユーラとフランチェスカの『アオサギとツル』を進呈してみよう！　どうなることか⁉　みなさん、結果が出ましたら、お知らせ致します。

曠野

チェーホフさん、私の幸せの一つをお話ししますね。

一九九二年、お国の映画監督セルゲイ・エイゼンシュテイン（一八九八〜一九四八）の没後四五周年記念で、エイゼンシュテイン・シネクラブ日本（設立者、代表、映画評論家故山田和夫氏）の主催でエイゼンシュテイン国際シンポジウムが開催されることになりました。アメリカからニューヨーク映画大学教授アネット・マイケルソン、イギリスやフランスからも映画評論家や研究者が来日し、ロシアからは著名な映画学者、エイゼンシュテイン研究家ナウム・クレイマン等が来日することになったのです。クレイマンさんから「自称エイゼンシュテインの弟子、アニメーションのユーリー・ノルシュテインを参加させてはどうか、彼は実作者―アニメーション映画監督だし……」という提案があり、ただちにこの提案は受け入れられました。〝実作者―映画監督〟というのが決め手だったようです。ジブリス

タジオの監督、高畑勲氏にノルシュテインの映画《話の話》についての文庫本（徳間書店）があり、それを読んだり、他の映画作品も見ていましたが、監督に会うのは初めてでした。私はロシアのお二人の通訳をおおせつかったのです。これがノルシュテインとの出会いとなり、ユーラ（ユーリーの愛称）と呼ぶほど親しくなり、おこがましくも今だに彼との交友関係や仕事が続いているのです。ユーラとその妻、美術監督で画家フランチェスカ（愛称フラーニャ）のアニメーション作品《きりのなかの　はりねずみ》を、当時編集長でご担当だった田村実さんのお蔭もあって三年がかりで、《きつね　と　うさぎ》は、ややすんなりと絵本（福音館書店）にすることができました。この二冊はそれぞれ賞をいただいたのですよ。ことに〝霧の中の……〟は、きわめつきの映画言語作品を絵本言語へ見事に変容させたと評され、感に堪えません。絵本作りの中で、あるときユーラがつぶやきました、「これはチェーホフの『曠野』に影響を受けた。下敷きにしたとも言える……」と。

私は再びあなたの『曠野』（原題）を読んだのです。ああ、ユーラとフラーニャのハリネズミは、あなたのエゴール君だと微笑ましくなりました……　それから一〇年以上たって、チェーホフ・コレクションの一冊として、中村喜和先生がこの作品を翻訳することになったのです。ところが私が言うまでもなく、これは、多くの掌篇を書き続けたあなたの初めての中篇で、しかもチェホンテなどというペンネームではなく、初めて本名で純文学雑誌

『北方報知』（一八八八年三月号）に発表されたものです。未知谷の〝チェーホフ・コレクション〟は掌篇や短篇ばかり扱っています。そこで、この中篇を抄訳として刊行することになりました（『エゴール少年　大草原の旅』未知谷）。中村先生は、あなたに大変申し訳ない、あなたのご命日かお誕生日に、あなたに心から深く陳謝し、許していただこう、とおっしゃいました。その儀式？　を行うことになったのです。早い方がいいということになり、あなたのお誕生日、一月十七日前後に先生と私は吉祥寺（東京武蔵野市）の〝カフェ・ロシア〟に出かけ、ワインであなたに献杯し、「アントン・パーブロヴィチ、心からごめんなさい」と呟いたのでした……

『エゴール少年　大草原の旅』の挿絵を担当したのはエカテリーナ（愛称カーチャ）・ロシコーワ。彼女とも山田和夫先生のご縁で知り合いました。私の両親が若いころ、第二次世界大戦が終わった後に日本で公開された映画に《シベリア物語》があります。この映画について両親や、その仲間たちは興奮して、「村の若造が青年にアコーディオンを、ポイとあげてしまうんだ、いいよね！」「戦時下や、船の中での合唱が素晴らしい」などと談笑し合い、その中に流れていたという、いくつかの歌が口ずさまれました。病床にあった子どもの私は、まだ見ぬ映画に憧れ、〝バイカル湖の辺りにて〟や〝シベリアの大地〟などの歌をいつの間にか覚えていたのです。それから一〇年以上経てリバイバルで上映された映画をさっそく見に行きました。両親と仲間たちの感激が肌身に感じられぞくぞくし、胸が震えてきました…… 今にして想えば、戦争を潜り抜けてきた大人たちを癒した映画作品だったのでしょう。その中には《石の花》という映画もあったと記憶します…… そのずっとのち、一九九二年にモスクワ国際映画祭に出かけ、山田先生から紹介されたのがカーチャのお祖父さんのロシコフさん。何と、映画《シベリア物語》のシナリオ・ライターで、時に俳優として、キーラ・ムラートワ監督（出自はルーマニア人で、ウクライナ国籍の女性監督で《無気力症候群》等独特の作品群が、ソクーロフはじめ多くの仲間からも高く評価されている）の映画などにも出演しているとのこと。ロシコフさんは私たちをご自宅に招いて下さいました。そこにはマヤコフスキー等ロシア・アヴァンギャルドの作品が飾られており、私は危うく卒倒するほど喫驚しました。そしてカーチャのご一家ともお近づきになりました。カーチャが東京芸大に研修――蒔絵のように、絵の上に金・銀等の金属粉を付着させる技法などを習う――で来日した折に、旧交を温め、のちに『エゴール少年……』の挿絵をお願いすることになったのです。勿論いつものように、「単なる挿絵ではないの、あなたを通して描いてくださいい……」と頼み込みました。

この本の〝挿絵〟にはエゴール少年は出てきません。少年の伯父クジミチョフも、N町のニコライ教会主任司祭であるフリストフォール・シリースキーも、御者のデニースカも登場しません。現れるのは草、野花、樹木、野鳥、昆虫、風、雷、稲妻、雨、空気、空の、月の、星の、たき火の光りのみ……　ロシアの草原が繰り広げられ、私たち読者もエゴールと一緒に旅をしているような錯覚に包みこまれます。木々のざわめき、雨脚の音、馬車が走る音、誰かの足音、くぐもる話し声なども聞こえてきます……　あたかも少年エゴールが五感で感じるものばかりが描かれていると感覚するのは、あまりにも過敏で軟弱な神経なのでしょうか……　いや、中村先生の抄訳は見事だとしか言いようがなく、日本語に訳された文字、言葉も、大草原を移動しながらエゴールが感じ、目にしたあらゆるもの、人々、事象をいきいきと伝えてくれます……　この作品は、五感で、あらゆることを〝感

じる〟ことの大切さを教えてくれます。「わたしたちに、心なく手を入れ、いじるのは一体誰なの!?」「わたしたちを壊さないで……」「お願い、わたしたちを、どうか、そっとしておいてください……」私は独りで、すっかり感じ入り、しばらく、その世界にどっぷりつかっていました。今もページを開くと絵の虜になります。でも落ち着いて、ノルシュテインは果たしてどんな影響を受けたのだろうと考え、またページを繰るのです……

広大な草原に足を踏み入れた少年の恐れと驚きは、霧の中にそっと足を踏み入れるハリネズミ君につながっていく……　黒ひげのキリューハが井戸をのぞき込む場面は、まさにミミズクさんが井戸に夢中になるシーンにつながる……　ああ、ここで、こんな比較は止めましょうか……

読者の皆さん、どうか旅を続けてください。エゴール少年と一緒に、果てしない空間を眺め、想像してください。そして、霧の中のハリネズミ君やミミズクさんやコグマ君とも出会ってください。このように、二重三重の出会いを思い浮かべ、辿って行くと、私たちは創造の世界、そのプロセスに自ら足を踏み入れることになるのでしょう。チェーホフさん、ノルシュテインさん、心からありがとう！

『少年たち』　少年の夢と冒険

チェーホフさん、あなたの作品を深く愛しているロシアの映像詩人、ユーリー・ノルシュテインが日本に滞在していました。東京の美大で一週間、講義や講演会、教授や学生たちとの交流などが行われました。ちひろ美術館ではノルシュテインさんと、彼の美術監督で妻でもあるフランチェスカさんの絵本原画展が開催されました。その会場でユーラは、アニメーション監督の高畑勲さんと対談しました。それから日本のアニメーション監督たちと一夜を箱根で過ごし、温泉ではしゃぎ、和食と日本酒を味わい、「お手を拝借、よお！　シャンシャンシャン」の三本じめが殊のほか気に入り、熱い交流を重ねました。東京の総合大学でも公開講座が開かれ、学生の質問に熱っぽく率直に答えました。その間に著名な浮世絵師たちによる直筆の絵画、ダリ展、バレエをテーマにしたドガやシャガールの展覧会、二人の日本人写真家のそれぞれの写真展などを回ったのです。

こんなことを書くのは、チェーホフさん、あなたも、あなたのご家族も美術がお好きだからです。お兄さんのニコライは美術が専門で、あなたの肖像画を何点か遺しておられるし、妹さんのマーシャも絵がお上手ですから。それに、ノルシュテイン一家は誰もがあなたの作品を信じられないほど深く愛しているのです。それであなたにニュースを伝えたいのです。ノルシュテインの長女、カーチャがあなたの二つの小品『少年たち』と『小さな逃亡』に絵を描きました。

「ヴァロージャが着いたぞー！」、「ヴァロージャちゃんが着いたわ！」という叫びで『少年たち』の物語が始まる。クリスマス前の休暇で帰宅した中学生のヴァロージャ。家中のみんな、黒イヌのミロールドも彼の帰宅を待っていた。喜びの再会が鎮まると、玄関にもう一人少年がいることが分かった。友だちのチェチェヴィーツィン君。両親も息子の友だちを喜んで迎え入れる。

ヴァロージャの三人の妹たちやお父さんはクリスマス・ツリーを飾り付ける。これは、とても楽しい年中行事だ。しかし、ヴァロージャはいつものように飾り付けに参加しない。チェチェヴィーツィン君とひそひそ話し合ったり、地図帳を詳細に眺めたりして妹たちには目もくれない。友だちはヴァロージャと比べて色が黒くて、無口で誇り高い様子である。

妹たちは、この少年が賢く特別な人だと思いこむ。ヴァロージャの様子が何だか変だと気づいた上の二人の妹は、少年たちを観察し始める。

何と二人は冒険を企てていたのだ。妹たちはそれを知る。だが、誰にも言わないで秘密を守る。冒険の旅に出発するときになってヴァロージャは動揺する。だが、チェチェヴィーツィン君に説得されて、二人は決行する。

二人がいないことが分かって、家中は大騒ぎになる。あちこち人が派遣される。巡査が調べに来る。ママは泣き崩れる。年上の妹たちも心配しながら、この大騒ぎを眺める。やがて二人は、どこか村の露天市場で発見され、家に連れてこられる。ヴァロージャはママの首にすがりつき、寝込んでしまう。だが、チェチェヴィーツィンは押し黙ったままだ。母親が迎えにきて連れ帰る前に、彼は妹の手帖に記念として認める。《モンチゴモ・ヤストレビヌィ・コゴッチ》と。これは〝決して降参しない指導者〟の名で、彼の別名なの

だ……　いや、彼は、この名前こそ自分にふさわしいと考えているのかもしれない……

少年時代の夢と冒険が、性格も外見も異なる二人の少年を通して描かれる。兄たちのことを密かに心配する妹たちの姿、気持ちもとてもかわいい。大人たちは何も気づかず、自信に満ちて？　大人として生きている。その様子もとても微笑ましい。とても生きいきと生命力あふれる短篇だと思う。

あの、高齢になっていたレフ・トルストイが大好きだったという。彼の邸宅を訪れる客や、家族の人々に朗読して聞かせたそうだ。この作品は《ペテルブルク新聞》に一八八七年十二月二十一日付に発表されたというから、物語の舞台と同じくクリスマス前の寒い頃だったのだ。あるいはロシア正教のカレンダーは陰暦なので、一月になっていたかもしれない。トルストイ家では暖炉の火が燃え上がり、サモワールが蒸気をあげ、トルストイ翁の声が部屋中に響く。薪が燃えてはぜる音、お湯が沸く音などが効果音となって、ロシア語の響きや調べをことさらに際立たせたかもしれない。みんなは耳を澄ませ、微笑みを浮かべていたことだろう。物語を耳にしながら、それぞれの子ども時代の日々や思い出が浮かんできたかもしれない。楽しかったことも、辛かったことも、もう二度と戻らない。この『少年たち』という作品は、そんな日々に私たちをタイムスリップさせてくれるだろう。

『春のめざめ』というアニメーションが公開された。原題は〝わが愛〟といい、原作はシメリョフの『愛の物語』という小説だ。監督はアレクサンドル・ペトロフ。彼の『老人と海』はアカデミー賞を授与された。彼は国立モスクワ映画大学の美術学科を卒業後、ノルシュテインの『話の話』に出会い、アニメーションでも〝芸術〟と名づけられる作品が可能だと知り、ノルシュテインの〝アニメーションの監督とシナリオライターのための特別コース〟で二年間学ぶ。卒業制作はプラトーノフの原作による『牝牛』(一九八九)。ノルシュテインの一番弟子であり、今では「いつも語り合うことを互いに持つ親友」とかつての師は言う。なぜ急にペトロフが登場したのだろう。それは、シメリョフが、この登場人物のヴァロージャのような少年だった頃、偶然チェーホフと出会っているからなのだ。何ということだろうか！　しかも、後にこの作品に関係することになる出会いなのだ。

シメリョフと友人は公園でカウボーイごっこをして遊んでいた。かつて拙宅の近所でも男の子たちが、そんな遊びをしていたことがある。今では考えられないことかもしれない。近所の大きな家の庭の隅に小屋を作ったりしていた。少年たちのグループは敵味方に分かれ、戦いを開始する。まるで、馬に乗っているゼスチャーで、ホホホーッ！　おたけびをあげたりしていた。アメリカ西部劇映画の素晴らしい作品の影響かもしれない。

ロシアではイギリスの作家、トーマス・メイン・リード(一八一八〜八三)の作品が一八五〇年代から翻訳されていた。アメリカやアフリカでの心躍らせる冒険や、現地住民への共感などが描かれ、当時のロシアでも人気を博したのだろう。『少年たち』のチェチェヴィーツィン君はヴァロージャの妹、カーチャに訊く。

「あなたはメイン・リードを読んだことがありますか？」

「いいえ、読んだことはありません……あのね、あなた、馬に乗れますか？」

チェチェヴィーツィンは考えごとに耽りこの質問には答えなかったが、カーチャに語る。

「野牛の群れがパンパスを走ると、大地が震えるので、小型の野生馬が驚いて、跳び上がったり、いなないたりするのです」

『少年たち』のこのような描写には、メイン・リードが影響しているのではないだろうか。話をもとに戻すが、シメリョフたちが遊んでいるところに若きチェーホフが通りかかった。彼は少年たちに仲間に入れてくれと頼みこんだ。少年たちは喜んで受け入れ、三人は遊び続けた。『少年たち』が発表されたとき、シメリョフはどんなに嬉しかったことだろう。日本ではあまり知られていないこの作家の短篇『クリスマス』が『ロシアのクリスマス物語』（田辺佐保子訳、表現読みＯ《オー》の会による朗読ＣＤつき、群像社）に納められている。また、ペトロフの映像で、シメリョフはきっと日本でも注目されることだろう。アニメーション映画『春のめざめ』の原作となったシメリョフの『愛の物語』が刊行される予定と聞く。

『少年たち』の画家カーチャはとてもユニークな芸術家だ。この本の表紙は、セルを使い、ため息が出るほど素晴らしい絵となった。しかし、モノクロームでお見せすると、真っ黒なグラデーションになってしまう。カーチャが五歳くらいのとき、ノルシュテインは長男のボーリャと彼女を森の散歩に連れ出した。森の中で切り株に出会った。ノルシュテインはすぐさま子どもたちにロバート・バーンズ（一七五九〜九六、スコットランド生れ）の詩（の一部）を朗読した。

При всём, при том,
При всём, при том,
Хоть весь он в позументах
Бревно останется бревном
И в орденах и в лентах

それにもかゝわらず
それにもかゝわらず
モールに包まれていても
切り株は切り株
勲章とリボンの中に

（ロシア語訳：マルシャーク　С. Я. Маршак）

カーチャはびっくりして呟いた。「ああ、やっぱり切り株はモールでできているんだ！あれは勲章とリボンなのね！」

年輪の何というメタファーだろうか。私もロバート・バーンズ（Robert Burns）の、この原詩を探してみよう。

追記　この詩のタイトルは《誠実なる貧困（Несная бепность）》。全詩のロシア語訳を探しているうちに、バーンズの翻訳者で詩人のユーリー・クニャーゼフ（Юрий Кнюзев）さんと知り合った。彼は古都ウラジーミル（モスクワ北東一九〇km）に住んでおられる。しかし、この訳だけは、先人の、著名な児童文学者マルシャークが訳していると全訳を送って下さった。この詩は、私が調べる限り、日本での翻訳を見つけていない。

小さな逃亡者

チェーホフさん、最近、お国からやって来た展覧会を見ました。でもロシアの作品ではなく、フランスのエミール・ガレとドーム兄弟の工芸品を中心としたものです。しかも露仏同盟を背景にしたロシア皇帝へのフランスからの贈答品です。国家というのは不思議なものですね。愛し合ったり憎み合ったりする親族のような趣があります。実は、アール・

ヌーヴォーの旗手エミール・ガレの作品のメタファに今回初めて驚かされました。プロシアの進出を恐れロシア帝国に期待したガレの思いが、ドイツと国境を接するロレーヌ地方のナンシーなど各州を表す花々の姿をしてテーブルの上板を飾っているのです。何とも心あたたまる美の祝祭ではありませんか……　でも、別の話に移りましょう。

この展覧会の作品提供をしたのは、ペテルブルクの、ネバ川の岸辺に華麗に佇むエルミタージュ美術館です。あなたも、帝都だったこの街をしばしば訪ねていますね。あなたのペテルブルク訪問も一つの物語をなしているかのようです……そのエルミタージュ美術館の学芸員からぜひ平泉の中尊寺に行きたい、金色堂を見たいと懇願されました。中尊寺で目にしたものに学芸員たちはびっくりしていました。特に国宝や重要文化財が保存される讃衡蔵《さんこうぞう》で、十二世紀作の〝猫脚〟と呼ばれる、漆塗りの小さな卓に感銘を受けていました。その脚が、アール・ヌーヴォーを先駆けていると言うのです。お国の方々の脳裏には、十二世紀からアール・ヌーヴォーにいたる芸術史がすぐさま浮かんだのです。彼らの驚きと感激が大きかったので、あなたに自慢しようと、ふと思いました。でも、案内人役の関係者は落ち着いておられました。その方は、つと、私の傍に寄られ「これも中国の影響ですから……」とささやかれました。チェーホフさん、あなたがお好きでない〝自慢〟などというものは意味がなかったのです。ただ、工芸品や芸術世界のボーダーレス、世界における芸術運動、工芸品材料など、往時の、巨大な流通の規模を感じることになりました……

ところで、私はあなたの『逃亡者』という短篇を翻訳しました。これに私は思わず〝小さな〟という形容詞を勝手につけてしまいました。チェーホフさん、お許しくださるでしょうか。だって、逃亡者とはパーシカという名の七歳の男の子なんですもの……


パーシカは母親に連れられて、どこか遠くへ出かける。

《それは、何とも長い道のりだった》で物語が始まる。ここで「道のり」と訳したロシア語の単語〝процедура〟は、ここで実にすばらしく生かされていると思う。意味は、1手続き、手順、2（医者が決めた）治療、処置。

この言葉はすでに、二人の行き先のことを予感している。母子は夜を徹して森や畑を歩き通して夜明けに、とある建物にたどり着く。玄関口で長いこと待ち、やっと受付が開いて待合室に入ることができて、読者はそれが病院だと分かる。それからさらに診察の順番が来るまで待たされる。そんな状態が秘められているような出だしである。ところが、《それは、何とも長い手続きだった》と訳出すると、ロシア語から受けるものと異なってしまうようだ。主観かもしれないが、この作品で表現される時間と距離感が〝手続き〟という訳語には秘められていないように思われてならない。このように、この一行に私は散々悩まされ、後者の訳のままにして訳業を先に進めた。そして〝手続き〟を〝道のり〟に変えようと思ったのは、すべてを訳し終えたときだった。それでもなおこの単語の二重の意味が気に入って、それを一語で表せる訳語を探すが見つからない。しかし、このままでは、どうしてもしっくりしない。校正のゲラを受け取り、読み通す中で、やっと確信し、決心して〝道のり〟に変更した。

パーシカは肘を痛めている。できものが進行して手術を受けなければならない。診察した先生はパーシカを説得する。

《お母さんには帰ってもらって、君は私たちと一緒だ、兄弟、ここに残るとしよう。ここにはエゾイチゴがよく実っているよ。パーシカ、一緒にマヒワをとりに行こう。君にキ

ツネを見せてあげるからね！　一緒に、お客にも行こう！　どうだ？　いいだろう？　お母さんには明日迎えに来てもらうからね！　いいね？》

先生は楽しそうに声を高めて言う。「残れ！　残れ！」。ここは命令形に訳したが、医師は客観視して「パーシカは残るよ、残るよ！」と母親に周囲に、パーシカに向かっても確認しているのだ。だが、最後の決め手は「説明なんかいらないよ！　先生は生きた本物のキツネを見せるのだから……」という台詞。

ここでも医師は、皆に再度確認してもらうように繰り返す。訳語としては〝見せてあげる〟から、先生は〝見せる〟と雰囲気をもりあげて行った。

それから、この〝生きた〟とか〝本物の〟とかいうのに幼い子どもは目を輝かせる。それを私は公私共に何度も経験している。チェーホフを思わせる医師も、このことを熟知していたのだろう。私の、むしろ兄といった風情の弟も医者だが、《Бегпеп》を初めて読んだとき、私は思わず笑ってしまった。その彼の、幼い子を扱い接する様子が、この先生にそっくりなので。患者に「愚か者」とか「あなたたちは皆そんなふうだ」などとは言わないが、子どもの泣きまねをしてみせたり、品物を使わないで手品をして見せたり、いろいろ約束して気を惹いたり……こんな医者は私の親類ばかりでなく、ことに小児科の先生には多いように見受ける。そんな先生は子どもが心惹かれる言葉を知っているのだ。子どもは、まず〝生きている〟ことに興味を持つ。それは多分まず玩具を与えられるからではないだろうか。でも、〝生きている〟ものたちには出会っているので、玩具をまるで生きているように扱い、擬似行為をさせて遊ぶ。そして〝本物の〟存在にもいたく惹かれる。よく「これは、ほんものだぞー！」などと言っている幼子に出会うことがある。本物でなくても、まわらぬ舌で一所懸命そんなふうに叫んでいる子どももいる。この子も、自分たちはなかなか本物を扱えないとか、扱わせてもらえないとかいうことを知っているのだろう……

　こうしてパーシカは入院することになる。病室の様子、食事、大人の入院患者たちのことなど、パーシカのまなざしを通して描かれていく。そしてパーシカは得体の知れないもの、いや、きっと感じてはいること――死と出会うことになる。夜中にひとりの患者が息を引き取り、病室から運び出される。パーシカは周辺のすべてを感じながら、あの楽しげで優しそうな先生を待っている。生きたキツネにも早く会いたい。だが先生は現れない。パーシカはだんだんさびしくなってくる。家のことを思い出し、いてもたってもいられなくなる。方向もまるでわからないのに無我夢中で走る。でも行き止まりになる。そこでまた引き返し別の方向に走り出す。だが暗闇の中に墓地の十字架がぼおーっと白く見えてくる。また引き返して、建物に沿って走るうちに、明かりがともる窓をみつける。そこでは、あの先生が読書をしていたのだ。パーシカは嬉しくなって、先生に両手を差し伸べようとしたが、そのまま気を失う……〝逃亡〟の心理状態は年齢の境界を取り去るほど迫力がある。そうだ、やはりそのまま『逃亡者』とすべきだったのかもしれない……

　ところでチェーホフは『カシタンカ』というイヌの物語でも、〝死〟を登場させている。彼が〝死〟について触れる語り口を私たちは自分で深く受け止め、そしていつか子どもたちにも語れるようにならなければならないと思う。あまりにも幼い子どもには無理だし、恐怖を抱かせてはいけないが、やはり子どもたちには〝生きている〟ことの続きとして、よりよく生き続けるために〝死〟について真剣に知ってもらわなければならないだろう。

昨今、自殺の低年齢化が見られるなかで、心を痛めながら、どうすればよいのだろうと考え、チェーホフにも内面の対話で問いかけている……

映像の詩人ノルシュテインの作品『話の話』に、予算不足で入れることができなかった〝小鳥の弔い〟というシークエンスがある。これは子供たちが死んだ小鳥を埋葬し、葬列を行う話だ。まだ自然の中で遊びまわることができた子どもたちは、小鳥や昆虫の死を目にしてきた。子どもなりに、見様見まねでも、そのような現象にのぞんできたのだ……

あまりにも都市化が進んだ場所に住む子どもたちに、私たちはどのように〝死〟について伝えればよいのだろうか。このことは工夫しなければならないだろう。そして、もう一つ、やはり文学の力を借りるべきではないだろうか。〝文学〟という言葉が嫌われると聞くが、私たちは生きていく過程で様々なことに出会う。悩むこともままある。そんなとき、黙って助けてくれるのが多彩な文字媒体や文学作品なのだ。その力は大きいと私は今でも信じている。生後間もなくから持病に苦しめられ〝死〟のみを考えていた十三歳の私を救ったのは母が病室に届けてくれたアンネ・フランクの日記だった。生きたかったのにユダヤ人というだけで命を奪われた少女の無念さをわが身に引き寄せつつ、私は生きていく力を授かった。チェーホフさん、本に携わるみなさん、アンネさん、ありがとう！

『首にかけたアンナ』

『少年たち』などのエカテリーナ・タバーフさんが、これまでと異なる手法、単純で素敵な切絵で挿絵を担当しています。この短篇は戯曲にして影絵でも上演できそうですよ。

母亡き後、飲んだくれ教師の父親と中学生の弟二人をなにくれとなく世話してきた十八歳になったばかりの娘アンナが五十二歳の官吏モデスト・アレクセイチと結婚することになりました。当時、女性は公な仕事は与えられず、つまり自立できず、親元を離れ嫁に行く以外、人生をまっとうする方法というか、端的に言えば食べていく手段がなかったのです。その時代に比べると、多くの先輩たちのお蔭で今、私たち女性は別の人生を歩めるようになりました。とはいえ、国によって違いもあり、女性にとってはまだまだ様々な問題が横たわっています。でもここでは、一〇〇年以上も昔の状況を想い浮かべてみましょう。

これは、現在がどれほど改善されたかと自己満足するためではありません。私たちが、ただ一度の人生をよりよく、より充実させ、快いことがパーティなどで男性連にもて、夫の金を湯水のように使うためでもなく……　「あら、そんなふうに暮らしてみたいわ！」とか「まあ羨ましいこと！」……　誰かの声が聞こえてくるようですよ。そう、もてるのも、お金に不自由しないのも楽しく、傍目でも素敵ですよね。でも、《花の命は短くて哀しきことのみ多かりき》ということがないようにと切望しますが……　言葉は一つでも、その内容《なかみ》は人さまざまですから……

アンナはパーティなどで、本人にとっては思いがけず大いにもてて、色々な行楽やダンスパーティに招待され、見た目は素敵なナイト役も登場し、その日常生活は華やかに変貌していきます。威張りくさっていた夫モデストとアンナの立場は逆転します。そんな折りに夫は聖アンナ二等勲章を授与されます。まさに「この勲章は二つのメダルからなっていた。第二等のアンナ勲章の場合、一つは蝶ネクタイつきの赤いリボンに十字架を吊したメダルで、それを首にかけた……」（翻訳者の中村喜和先生のあとがきより）のです。ロシア語の〝首の上に坐る、首にかかる、首にかける〟という言葉の意味の中に、日本語では〝脛をかじる〟という意味も一つ含まれます。上司に受賞のあいさつに行ったモデストは上司から「つまり、これで君にはアンナが三つになりましたね」と言われます。一つは勲章、もうひとつは細君のアンナ、そしてもう一つは何でしょうか？　これはぜひ本書をお読みくださいね。脛をかじられてはどうにもならないし、首の上に坐られても、ぶら下がっても重いでしょうね。上司はモデストをからかったのです。それほどアンナ夫人の社交界での奔放な活躍ぶり？　は広く行き渡っていたのです。これにも負けずモデストもさらにおねだりをこめ、とびっきりの言葉遊びをするのですが……　上司はもう聞いていませんでした……

言葉遊び、地口、しゃれ（каламбур）は、言語が異なると、しばしば通用しないのです。昨日も友人たちとの会話でそんなことがありました。

U－「Mさんの奥さんマサコさんはよくできたお人だ！　まるで観音様」
K－「そうですね、Oさんの奥さんヨウコさんもしかり！」
O－「いやあぁ、うちのは〝我がママ〟ですからね」
Oさんを含め一同大笑い。

言うまでもなく〝我儘〟の音を重ねたのです。これをロシア語に訳すには何日も、いえ永遠にできないでしょう。全く別なことを考えなければなりませんね。言葉遊びの冗談が映画の中に出てきて、登場人物たちが大笑いしている場面など、ショックを受けます。冗談の内容を、映画上の内容とどこかでつながる様に努力し、でも仕方なく翻訳可能なように変え、字数制限に苦しめられつつ字幕を入れます。もし観客の中に『箱に入った男』（本書六〇頁）のような男女がいたりすると「あれは誤訳だ」とか「あら、誤訳だわ」などと叫ぶか呟くか、いつかどこかで得意げに披露するかなのです。面白きは翻訳者の心の持ち方身の振り方……

お話しがまったくそれてしまいました。どうか、この本の頁をひもといて下さい。今にも動き出しそうで瀟洒な切絵、中村先生の素晴らしい翻訳と解説。小さな本には宝物が詰まっていますよ。ねっ、チェーホフさん！

ねむい

三月半ばのモスクワ。雪が降りしきる。雪片がキラキラ光り、そびらを返すたびにはかない雪のかたちがつと見え隠れするロシアの雪ではない。でも、東京に降る湿り気たっぷりの柔らかい雪でもない。

こんな中途半端な雪が連日降りしきり、降り積もる。

雪かきする男たちが大声でしゃべる言葉は、以前のようにロシア語ではない。屋根の雪下ろしをしながら大声で叫ぶ声もロシア語ではない。中央アジアからやって来た出稼ぎの人々。同じアジアのせいか、私の顔を見て微笑む青年もいる。ああ、きっと知人の誰かを思い出させるのだろうか。私の顔も自然ほころびて、「ありがとう　スパシーバ」と言っている……

急にロシアだけで使う私の携帯が鳴る。ディスプレイを見る。999……　と続く珍しい番号、初めてだと思う。

「アロー、アロー」

「…………」

何を言っているのかわからない。あどけないような、やわらかな声。

「エタ　ガヴァリト　ヒロコ」（こちらはヒロコです）

相手は黙って電話を切った。

またすぐベルが鳴る。ああ、同じことを繰り返す。電話会社のメッセージが表示される。

〝このクライアントは一七九回あなたに電話をしています〟

ロシア語で、何かの間違いと思うので、番号を点検するように言う。相手は切ってしまう。どうもロシア語が分からないようだ。英語を使ってみる。やはり相手は切ってしまう。

電話は毎日、毎日かかってくる。私が出て「アロー」と言うと電話がすぐ切られるようになった。こんなことを繰り返し、仕事の最中は電話を切ったりしていた。

あるとき、また、999……の数字が出てきた。仕方なく電話にでると、

「パパーっ！　パパーっ！」と幼い子がむずかり呻くように叫んだ。泣き声のようでもある。胸が締め付けられる。

「ああ、ごめんなさい、これはパパの電話ではない、間違っているので、調べてね、私

は……」と私。絶望のうめき声をかすかに残して電話は切られた……　それがずっと続いて、二〇〇回以上になって、どうにも耐えられなくなった頃、電話はたまにしかかかってこなくなり、相変わらず私の声で電話は切られ、やがて帰国前にはかかってこなくなった。パパに繋がる本当の番号よ、出てこい、と私は呪文のようにつぶやき続けた……

除雪、工事、店、どこでも中央アジア系の人々、ことに男性を見かけると、「あの子のパパではないかしら」と見つめてしまう……　何が起こっているのか、何が起こったのか、なぜ四、五年も使っている私の電話にかかってくるのだろうか。単なる間違いなのか……夢の中にも、このことが登場し、辛くて、辛くて、でも、パパと叫んだ子はもっと辛く大変な目に遭っているのかもしれない。

チェーホフさん、あなたは幼い子どもを主人公にした作品を書いておられますね。私がうなされるほど辛かったのが『ねむい』という掌篇です。手短にいえば、……子守の幼い女の子ワーリカは自分が眠りこけているときに何度も何度も赤ん坊の泣き声で起こされ、遂に赤子を絞め殺してしまう、無意識のうちに……という掌篇（本書五四頁のあらすじをご参照下さい）。眠ることは人間が生きて行く上で不可欠の行為。ひどい拷問を受け、眠らせてもらえない時、罪を否定し続けてきた囚われ人はあっさり罪を認めて眠ってしまうという。眠りは呼吸と同一のものだと思えてくる。子どもが赤ん坊を意識なく殺す……　これ程恐ろしいことがあるだろうか。子どもの親はどうするの！ ああ……赤ん坊の親はどうするの！ 私は心の内で叫んでいる。チェーホフさん、あなたは何という過酷な掌篇を残して行ったのですか？ 泣きながら、恨み一杯に叫んでいる…… ああ、これは、ひょっとして未来抹殺の物語、象徴かもしれない…… ときにそのように想えることもある。だって、赤ん坊も幼い女の子も…… 子どもたちは、いつだって私たちの未来ではないか！ 年齢差は未来の時間差…… だが、最近起こっている事件は、この掌篇のような構図ではない…… それはもっと複雑な悲惨さを秘めていると想える。いいえ、そうでないかもしれない、もしあなたの掌篇が発信するメッセージに私たちの誰もが取り組んでいたのなら、二十一世紀の現在に悲惨な事件は起こらなかったかもしれない…… もっと少なかったかもしれない…… いいえ、もしかしたら、あなたは、今日のような状況を予測していたのでしょうか？

ワーニカ

チェーホフさん、あなたの『ワーニカ』翻訳書のあとがきで、書くのを忘れたことがあります。この本の絵は、すでにおなじみのイリーナ・ザトゥロフスカヤさんが担当されました。表紙カヴァーの絵は彼女が九歳か十歳頃に描いた絵です。それで紙が古びており、シミもついています。ちょうど主人公のワーニカと同い年の頃のようです。椅子の上に立っている男の子に手を差し伸べ抱き上げようとする母親らしき女性が描かれています。

「この絵は、私が子供のころ、『ワーニカ』を読んだ後に描いたのよ……」とイリーナさんが話してくれました。現代のワーニカとお母さんです。イリーナさんは本文で、その時代や雰囲気を想わせる絵をまるで一気に一筆のごとく描いていますが、子どもの頃の絵には、作品の〝時代〟が欠落しています。これは非難に値することではなく、子どもにとっては、むしろ当然のことであり、しかも、その時の〝現在〟を、子どもながらに実によく観察し

ている絵なのですから。しかし、私にとっては、自戒を含んだ、ある種の衝撃でした。それは〝時代を学び知ること〟つまり歴史の学習が重要なことを思い知らされたからです。《過去の歴史を知らないものは、過去に起こった同様の間違いを繰り返す》と言われています。私たちの国で子どもたちは近代史や現代史を正しく学ばされていないと言われています。実に恐ろしいことです…… これは過去に生きた人々の痛みを感じる能力が育まれないという結果になりかねないからです…… 過去を知らなければ現在を相対化することもままならないでしょう……

さて、この本の表紙には手紙用の封筒が描かれ、差出人の箇所にロシア語で〝ワーニカ〟とあります…… 今では一般に手紙もあまり書かれない状況になりましたね。私たちは携帯電話を持ち、電子メールもやり、手紙やはがきから縁遠くなっています。でも、ここでは手紙が大事なのです…… チェーホフさん、あなたもたくさんの手紙を残されていますね、書簡全集すら刊行されています。日本でも全訳が準備されているという噂ですよ。私たちがあなたの私信を読むのですから、何だか申し訳ないことです……

地主屋敷で、ワーニカという名の男の子を連れ働いていた母親が亡くなると、ワーニカは少しの間、同じ屋敷で見廻り番をしている祖父と同じく住み込みで暮らすが、やがて九歳になり、モスクワの靴づくりの親方のもとに奉公に出される。そこで辛い思いをしているワーニカは降誕祭の前夜、親方一家や職人たちが夜中のミサに出かけ、一人になるのを待ってお祖父さんに手紙を書く。辛い日々のこと、お屋敷での思い出やモスクワで見知ったことを綴り、彼をここから連れ出してほしい、迎えに来てほしいと痛切なお願いをする。というのも肉屋の店員から「郵便箱・ポストに手紙を入れれば、どこまでも届けてくれる」と聞いたからだ……　手紙を書き終え、宛名《村のボクのおじいちゃんへ》と記し封をして、急いでポストに駆けていく少年。手紙を郵便箱の隙間にすっと入れ、ほっとして、《うっとりするような甘い希望を抱きしめ》眠りにつくワーニカ。村の夢を見るワーニカ……

　手紙が届けられたかどうか誰も分からない……　その後ワーニカはどんな思いをしたのだろうか……　それも分からない……　想像するだけです……

こんなにも悩ませるなんて……　ひどいですね、チェーホフさん！　あら、ごめんなさい！　あなたのせいではありません、現実なのです……　もしかしたら、ワーニカの手紙は私たち読者に宛てた、あなたからの手紙かもしれませんね、ああ、手紙好きのあなたのことですから、そうに、ちがいありません……

現在も、形は変わっても、ひどい状態に置かれた子どもが大勢いるのです。あなたがこれを書かれてから百数十年も経つのに……　私たち大人は、辛い思いをしている子どもたちを、まだ救えずにいるのです！　一刻も早く、そんな目に遭わせないようにしなければ……　誰一人、生まれてくる場所、境遇を選べないのですから……

子ども達の感性や想像力を育むために頑張っている児童劇団があります。その一つの劇団員に話を聞いたことがあります。日本は現在少子化で、人口数が減少しています。子ども達に劇を見せる劇団には辛い状態です。私たちの国では、お国のように、国からの支援がないのです。ですから、学校や幼稚園や保育園で芝居を見てもらい、保護者から観賞料を受け取って、劇団、劇団員の生活が成り立っているのです。ところが、最近では学校でテストの結果を示すようになり、ひいては学校間の競争に迄なっています。テスト・試験の点数を上げることが重要で、芝居なんか見て遊んでいられない、という状況になっているのです。実は大学から「教養課程を外す」という意見さえあるのです。物理学や数学の学者たちは教養課程がなくなると、新しい発見を論文に書く、つまり文字で表現する力がつかない、いや、新しい発見を模索し考察することもできなくなると驚愕しています……お国の農奴時代を含めて、世界の奴隷制度時代ははるか昔のことですよね！　産学共同のように、誰かにどこかで必要とされる人材育成を国家として決定するのは危険なことではないでしょうか。話が飛躍してしまいましたが、最近では、子どもの成績が悪いのは学校のせい、先生のせいと抗議する親も多くなっているようです。子どもを、その学力以上の、いわゆる世間で優れていると言われる学校に無理やり入学させようとする親もいます。社会に差別があるので、その差別を回避させてあげようと必死に子どものためを思っているのでしょうが、結果はどうでしょうか……　わくわくするような芝居を見るわずかな時の楽しみを奪われ、心を育む手段を奪われたら、どのような結果になるのでしょうか……

ワーニカのように年少で奉公に出されることはないのですが、食事に事欠く子どもが増えていて、いろいろな地域で心ある人々がヴォランティアで食事を作って、お腹をすかせた子どもたちが来て食べられるようにしています。子どもはいつだって育ちざかり、食事に事欠き空腹状態が続けば発育に支障をきたします……　何という残酷なことでしょう！国内が飢饉でもない、非常事態でもないのに……　この子たちは心の中で手紙を書いているはずです……目に見えず、届かない手紙を受け取りに行きますね、チェーホフさん！

泥棒たち

ある時ソクーロフ監督の作品《静かなる一頁》（原題〝静かなる数頁〟Тихие страницы）が日本で公開された。十九世紀のロシア文学の雰囲気を、なかでもドストエフスキーの『罪と罰』をモチーフにしたモノクロームの映画である。「なぜ数頁が静かなのですか?」と尋ねると、微笑みながら「ドストエフスキーがおしゃべりし過ぎるのです。私は、彼に静かにして下さいと頼んでいるのです……」私は吹き出してしまい、笑いが止まらない。監督はあきれたように私を見て、ついに仕方なさそうに笑みを浮かべた。これがアニメのノルシュテインだったら一緒に大笑いし続けたことだろう。それはともかく、ソクーロフはラスコーリニコフ役の俳優について《彼自身、食うものもないほど貧しい境遇で…… そんなときパンを盗んだって罪にならない…… 自己防衛なのだ……》えっ、泥棒してもいいの、と内心私は吃驚した。その頃、ソクーロフは自分の映画制作に出演俳優を選ぶ折り

に、その人物と役柄との、何らかの共通点を求め、劇映画の中の記録性を追求していたことを思い出し、この例え話に心を落ち着かせた。

その後、ノルシュテインの愛弟子の一人であるワレンチン・オリシヴァングの挿絵によるチェーホフの『泥棒たち』を手にした。挿絵は、抒情、動き、雰囲気に溢れ、文学言語を蹴り飛ばすほどの迫力に満ちている。准医師のエルグノフは病院の買い物に、院長の良馬で町まで行かされ、帰り道、吹雪に見舞われ、道に迷い、とある木賃宿にたどり着く。その宿には馬泥棒カラシニコフや盗みを生業にするロマの男メーリク、宿のオーナーである老女の孫娘二十歳のリューブカの三人がたむろしている。怪しげな三人は生き生きとしており、カラシニコフはバラライカを弾き、メーリクはロマの例にもれず巧みに激しく踊り、リューブカも一緒にめまぐるしく踊る。軽薄で飲み介の准医師は、結果、彼らの生命力に満ちた悪知恵に飲み込まれたようで、全てを失う、という話だ。ここでチェーホフは、人々を役柄通りに生き生きと描いているだけで、善悪の区別や判定を全く行っていない。読者にとっては実に悩ましげな話だが、不思議に、このお話が忘れられず、ずっと自己問答を強いられる…… チェーホフさん、あなたは読者と目に見えない、耳に聞こえない永遠なる対話を求めたのでしょうか？

最初この作品は『悪魔たち』と題して一八九〇年四月一日付け日刊紙〝新時代〟に掲載

されたそうだ。カラシニコフのバラライカ演奏は名人芸で、同じくメーリクの踊りも素晴らしく描かれていたという。翻訳の中村喜和先生があとがきで、新聞社の社主スヴォーリンが新聞に発表する前にチェーホフに疑問を呈し、書き直して現在の形になったと記述されている……チェーホフさん、あなたは泥棒たちの名人芸や自由奔放な生き方に憧れていたのでしょうか？　ああ、きっと、そうかもしれませんね。

だが、そんな簡単なことではないのではないか。なぜなら読後におこなわれる自己対話は果てしなく、自分が和製極小の、フランスの詩人ヴィヨン（Villon, Francois）になったような気がしてくる。これこそチェーホフの狙いではないのだろうか？　ああ、もし違っていたら、ごめんなさい、チェーホフさん！

ソクーロフ監督の泥棒話にも通底してくるではないか。初め『悪魔たち』というタイトルで、魅力的とも言える小悪魔？　たちを描き、対象として准医師で、やがてその役職さえも失うエルグノフを

置いたのではないか。私たちに、真の悪魔を発見させるために……　三人は人を殺したわけではない……　良馬と、病院の買い物と……　そうそうエルグノフをさらに骨抜きにした?……　でも、これを人殺しと名付けられるだろうか……　それはともかく、チェーホフがこの世と別れを告げてから、一体何があったのだろうか?　実は、ずっと身の毛がよだつ悪魔の所業が続いているのだ。多分私は、お叱りを受けるだろう。〝自虐〟とか果ては〝自虐史観〟とか……　私の目の前には歴史年表が置いてあるので……　ちょっと歴史家ぶるので、ごめんなさいチェーホフさん、あなたの嫌いなと想える〝ぶる〟などという言葉を使って……

日露戦争、第一次大戦、太平洋戦争、第二次大戦、朝鮮戦争、トンキン湾、キューバ危機、ベトナム戦争、カンボジア、旧ユーゴスラヴィア空爆、アフガン戦争、湾岸戦争、中東の空爆、テロリズム、大量餓死、人身売買……

大量殺人兵器の登場、広島、長崎の原爆投下、人間が制御できない核分裂、殺害だけでなく人間の遺伝子に影響し、放射線は地球のみならず宇宙にも拡散され、消えるのに数万年もかかるという、恐ろしさ……

「この世に悪魔はいません。あらゆる悪は人間の手によるものです」こう断言したのはチェーホフを深く愛しているアレクサンドル・ソクーロフ監督だ。

私は記録映像を含むソ連の劇映画《ヨーロッパの解放》の字幕を二〇一四年に手がけることになった。第五部、七時間以上の映像の最後に現れた数字には、毎晩のようにうなされた……　戦死軍人数……　画面には一般人の死亡数は記されていなかったが、私は心の内で「いのち泥棒たち！」と呟いていた……

第二次世界大戦戦死者数

フランス	五二万人
イタリア	四〇万人
イギリス	三二万人
アメリカ	三二万五千人
チェコ・スロヴァキア	三六万四千人
ユーゴスラヴィア	一六〇〇万人
ポーランド	六〇二万人
ドイツ	九七〇万人
ソ連邦	二〇〇〇万人

（日本　民間人八〇万人　軍人二三〇万人）

モスクワのトルゥブナヤ広場

モスクワにはネグリンナヤ川が流れていました。一九世紀の初め頃、この川は暗渠になりました。その上に一八二二年頃トルゥブナヤ広場等ができました。広場はトルゥバー（管、パイプ、煙突、ラッパ、トランペット等の意）から生れた形容詞がつき、トルゥブナヤ広場となりました。広場では鳥の市が立ち、そのうちウサギ、ハリネズミ、猫、イヌまで登場しました。花も苗木も売られました。とてもポピュラーになり、素敵な広場になったのです。でも今は市も立ちません。広場そのものは今もあるのです。でも、広場に顔があるとするなら、全く異なる顔になってしまいました。いいえ〝顔〟がなくなってしまったのです。そういえば、日本のお化けに、のっぺらぼう、というのがありますね。この広場は、まるで、のっぺらぼうになってしまいました。そこには車が多数駐車し、周辺は車が頻繁に往来しています。それだけです。こんなことになってしまって、チェーホフさん、あなたに

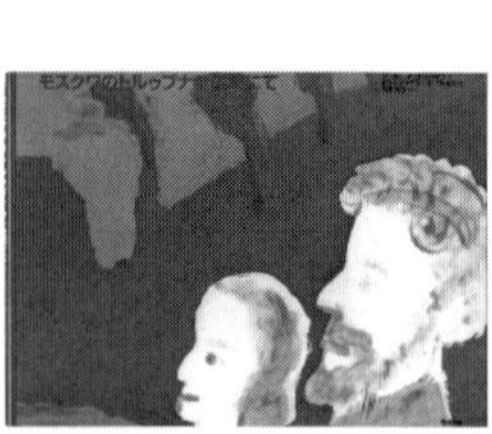

ごめんなさいと言いたくなります……　でも、あなたのお蔭で、この広場は永遠になったのです。広場が息づいていたときのことを、とても生き生きと描いていますから！

あなたはモスクワで何度も引越していますね。一八七六年から七九年の間に十二回引越し、その後一八八五年迄、この広場が含まれる地区に住んでいました。この広場はソ連邦時代のある時期まで〝鳥の市〟で広く知られ、愛されていました。昔ながらにこの市には小鳥たちだけではなく、魚など水棲小動物を含め、様々な小動物が売られていたのです。犬コンクールの優勝メダルを堂々と首輪にぶら下げた犬、売り手はもとより犬まで得意そうに「私をお見逃しなく」と客の顔を覗きこみます。猫たちは決して媚びず、あらぬ方を向き、素知らぬ顔です。小鳥たちも小動物も、人との相性がわかるのか、人の性格を感じ取るのか、人それぞれ、さまざまな態度をとっているように見えました。とにかく〝鳥の市〟では退屈するなんて考えられませんでした……

チェーホフのこの作品『モスクワのトルゥブナヤ広場』には、売り手、買い手、見物人、それぞれの小動物の愛好家たちなどが活写されています。人間同士の交流ばかりでなく、人と生き物の、目に見えない交流も感じられるのです。

でもこの市は移転させられました。前のように気軽には行けなくなったのです。雰囲気も変わってしまいました。しかし、動物好きや、何か自宅で飼おうと思っている人々が訪れています。ついでながら、モスクワの方々にあった露店の市場もすべてなくなりました。それは建物の中に入ってしまい、市場というより、様々な小店舗が入るショッピング・モールに姿を変えています。つまり大型店舗が軒並み建ち、どこの国に来たのかと戸惑います。よくよく店を見れば、ロシアの特徴が浮かび上がるのかもしれませんが……　また地元住民にとっては非常に便利になったのかもしれません……　時代は変化し、街の様相も変わって行く。では、そこに住む人々はどうなるのでしょう？　変わっていくもの変わらないものが混在し、さらなる時をけみするのでしょうか。

都会からは〝自然〟が失われていく。私が住む地域からも、どんどん自然が失われている。以前、拙宅の近くに原っぱがあった。年齢も様々な子どもたちが、遊具などなくても走り回り、楽しそうに遊び、喧嘩もしていた。弟なども子どもの頃は夕方になると泥まっ黒になって帰って来た。はつらつとして、何か充実し喜びに満ちているような姿だった。その、いたずらそうな笑顔が忘れられない……　原っぱには某公社の社宅が立ち並ぶようになった。いつの間にかそれが壊されて、立ち入りできない平地になっていた。行政に、遊具は不要だから昔のような原っぱを作ってほしいと請願したが、そうはならず、今では瀟洒で住み心地のよさそうな、しかし無機質な大型マンションが散文調に建っている。地域には、半世紀以上も前から、子ども等が走り回る場所がなくなった。元気で、喜びに満ち、内面が充実しているように見える子どもをとんと見かけなくなった。拙宅の近くに〝アスレチック〞と呼ばれる小さな施設がある。幼い子どもたちが、親に自転車や車で連れて来られ、しばらくすると再び自転車や車で親がお迎えにくる。出口に置いてある自動販売機で飲み物を買ってもらい、飲んでいたりする。親はその間しきりに、うつろな眼でスマートフォンなどを覗いている。運動をした後で、喉がかわいているのだろう。でも、かつての原っぱの子どもの表情や、彼らが発散していた気そのものは少しも感じられない……運動しないよりした方が、もちろんいいのよね、と私はひとり呟く……

時折り、ふと想う、もしかして、私たちは、広い所で飼われている生き物ではないか？〝鳥の市〞では小動物が買えたが、私たち人間は、文明化、都市化によって、なにやら閉塞の状態に置かれているのではないか。強大な自然の、大宇宙の一部であるはずの人間は、自然からかくも切り離されてしまった！　一軒の家だった所に、数軒の可愛く綺麗な家が三軒とか、多いときには九軒も建ち、庭は消えている。以前の庭から大木が倒され、細かく切られ、野鳥たちは叫びつつ、散弾のように飛びたって帰ってこない。人々の生活にもいろいろ事情があり、どうにもならない結果なのだろう。しかし、何とかならないのか？

規模こそ異なるものの、あちこちで同様の事態が起こり、中心地では高層ビルが軒並み建ち、その周辺を歩いていると、人工の谷底にいるように想えてくる……　草も虫も、その香りもない……　空間だけではない、食べ物にも多くの化学物質が入っている……　腐りにくくなったので食中毒などは減少したかもしれない、だが、本質的に、人の身体によいのかどうか、私には人間と食べ物の科学としては分からない。遺体が崩れにくくなったという話が耳に入って来る。つまり私たちの身体そのものも、良い悪いではなく自然から離れているのではないか。この状態はどこまで広がって行くのか？　よい方策はないのか？温暖化が原因と言われる、狂気じみた天候の異変は、自然からの人類への大きなメッセージではないか。このままでいいはずがないではないか。サハリン州の首都ユージノ・サハリンスクで環境問題に取り組むNPO法人ブーメランの職員は、ブーメランと命名した組織について、環境問題について語った。「人がやったことは、いずれ、その人に戻って来るのです、ブーメランのように……」

今、再び翻訳書の『モスクワのトゥルブナヤ広場』の頁をめくる。イリーナ・ザトゥロフスカヤさんの絵が懐しく滲んでいる。そういえば思い出した。この絵は彼女がフィンランドに招かれた折りに初めて試みたもので「〃Tint〃（チント）というの。水を注ぎ金属版

を溶かしていく手法よ」とのこと。その結果、何かぼやけたような淡い色が広がる。その広がりと滲みかたは水そのものの痕跡を想わせる。ときに背景が鮮明な個所もあり、まるで残された自然の象徴のように緑がかっている。売り手たちが小動物を抱えて並ぶ見開きの場面は、宗派が明らかではないイコン（聖像画）が並んでいるようだ。だが、人々、小動物、建物は、みんな幻のよう。これって、水の中の町ではないか？　とても不思議なことだ。あの広場の〝鳥の市〟はすでにこの世のものではないという意識で、イリーナさんは幻を描いたのだろうか？　そうかもしれない。チェーホフの文章だけが、くっきりと目に飛び込んでくる……　言葉の、文章の永遠の勝利のように。

『谷間で』

チェーホフさん、この中篇小説は雑誌『Жизнь』（ジーズニ＝Life）一九〇〇年一月号に発表されていますね。晩年に近い時期ですので、拝読する前から動悸がしてきます……

中村喜和先生のあとがきにありますように、ロシアでは〝谷間〟も広大ですね。ことばの不思議、というか、日本と日本語の感覚でこのことばを理解して想像すると、とんでもないことになります。

この谷間には三つの更紗工場と一つの皮なめし工場があり、これらの工場に雇われているのは四〇〇人ばかりで、川の水は工場の廃液で酸っぱいにおいを発散させ汚れているという記述に、私は驚かされます。この頃からすでに環境〝汚染〟が始まっていたと。日本でも明治時代に始まっているのに、ロシアとなるとピンとこないのです。どうも日本式の年号が曲者のよう、おや、また何かのせいにして、すみません！　そういえば、エドアル

ド・ウスペンスキー原作の『チェブラーシカとおともだち』（平凡社）をテーマにしたロシア・アニメーションの第二話《チェブラーシカとピオネール》ではワニのゲーナとチェブラーシカが少年少女団〝ピオネール〟に入団したくて、ピオネールの少年達の廃品回収に協力します。また、第三話に《ワニのゲーナとチェブラーシカの休暇》があります。休暇先の村で工場の廃液が川を汚し、泳ぐ子ども達やカエルが汚染されてしまいます。ゲーナとチェブラーシカは工場に出かけ、工場長に、あの手この手で廃液の垂れ流しを中止するよう求めます。この作品は一九七〇年代に制作されていますので、日本の観客の皆さんが口々に「えーっ、廃品回収をやっていたんだ！」とか「環境問題が、もう出現していたのね」と感心しているところに行き合わせたことがあります。私も、そうですよ、と得意な気持ちになって、あまり気にしていませんでしたっけ……　それにチェーホフさんは『ワーニャ叔父さん』で自然の変化に触れておられますね。でも日本のことをよく考えてみると、一八九〇年頃に渡良瀬川を汚染した足尾銅山の鉱毒問題を告発した田中正造とか、一九五〇年代初頭には、熊本県の水俣湾周辺に発生したメチル水銀による公害病が発見されたりしています……　つくづく思うのは、この世の異常な変化を凝視し、考察し、気づいた賢人たちを、どんな時代でもどんな国でも、大いに尊重すべきです。そうしないので、すっかり手遅れになるのではないでしょうか……

さて、『谷間で』に戻りますが、この作品では谷間にあるウクレーヴォ村で食料雑貨店を営むグリゴーリーの一族の物語が展開されるのです。大変すぐれた中篇です！　これはトルストイ翁の『闇の力』とかN・レスコフの『ムツェンスク郡のマクベス夫人』（D・ショスタコーヴィチがオペラとして作曲している）にも匹敵する強烈な印象を与える傑作です。エカテリーナ・タバーフの絵も生き生きと迫ってきます。もし、あなたが長生きされていたら、きっと長篇も上梓されたにちがいないと強く確信させられました。あなたには長篇のテーマが徐々に焙りだされていたにちがいありません。最晩年の『黒衣の修道僧』にもそれが予感されます……

この作品ではあらすじを思い描くより先に、一人の登場人物に強烈な印象を抱かされました。グリゴーリーの二男の嫁アクシーニャ、感じがよくて美しく、頭がよくてやり手の女性。その女性の激しい二重人格ぶりは恐ろしいほどです。画家は彼女の両面を見事に活写していますので、一見の価値があります！　あら、チェーホフさん、ごめんなさい！　エカテリーナはあなたの文章から喚起されているのです。でも言うまでもないことですので、どうかお許しください。

わあ、〝やさしくて感じがいい〟という男女は、数は多くありませんが、どこにでもいますね。そういう方が政界や国家権力機構にいらっしゃり、自身が身につけているいい感じと乖離する考え方や行為が見られることがあります。そのような方に話題が及ぶとき、私の友人は実にくやしそうに渾身の力をこめて叫ぶのです。「Ｂａｋｋｙａｒｏｈ!!!」と。アクシーニャがひどいことをした場面で、私は友人の科白を何度も借りて心の中で叫んでいました……〝登場人物の心理など書く必要はない、その行為こそ書くべきなのだ〟と、チェーホフさん、あなたはご自分のメモワールに書かれていたと記憶します……〝行為〟こそ、強烈な印象を与えるのです。そう、実生活でも〝感じ〟とか身体の〝美〟などではなく、〝行為〟を見て行く必要がありますね。とくにヴィジュアル時代には欠かせない必要事項でしょう……美しくて感じがよければ、もう何もいらないといえばそうなのですが……ああ、ヴィジュアル時代にこそ、〝いい感じ〟には容易《たやす》くだまされそうです。それを見抜く力は、どうすれば培われるのでしょうか？　悲劇は少なければ少ない方がいいに決まっていますから。私たち庶民の間で起こる昨今の悲劇は、良くも悪くもアクシーニャのように思惟によらない場合が多いように想えます。最近、傍目には仲の良い夫婦が一戸建ての二階に住み、階下に生後八か月の幼子を布団の上に置きっぱなしにして餓死させたという事件が起こりました。その幼子はその夫婦の息子と報道されていました……もっと前のことですが、やはり若い夫婦が幼子にミルクを飲ませず、その傍らで二人は「意外ともつねえ」と言いつつゲームをしていたと陳述したそうです。これらのことどもが、私は未だに理解できません。どうして、人間がそうなるのか分からないのです……でも、何とか理解しなければ……と言うより、一体なぜそうなるのか理解したいです。

『谷間で』では弟の嫁アクシーニャが兄嫁リーパの、つまり兄夫婦の幼子に熱湯をかけて……　兄が贋金づくりで投獄され、彼らの父親グレゴーリー老は自分名義の土地を他でもないその幼子、唯一の孫の名義に書き換えさせたことを、アクシーニャが知ったからです。怒り狂った彼女がリーパを探しに台所に駆け込み、ふと見ると手元に湯があり、それを柄杓に入れ赤子にかけてしまう……　アクシーニャの行為には全く同意できません。しかし、その行為は、彼女の内面で蓋然性を帯びていた結果だったのではないでしょうか。それを読者は目の当たりにします。ああ、だから、いいというのではありません。しばしば起こっている現実の殺人も、作品の中でも、同様に私たち読者は強く拒絶していると思います。でも、現実に起こらない、起こさないためにこそ作家が作品の中で物語っているのは自明の理です。いつか、ソクー

ロフ監督が言っていました「現実では決してやってはならない殺人を含めた行為も、作品の中では、その思惟する方向によっては許される……」と。

どうすれば、理不尽で非人間的な殺人を私たちの社会から、実生活から追い払うことができるのでしょうか……　殺人は、いかなる手段によっても、結果として間接的に殺人となることすら、許したくありません。殺人は決して誰にも許されることではありません。正当防衛の結果ではどうなのでしょうか？　私には分かりません。そして、死刑はどうなのでしょうか。殺人の罪を犯した人を、法によって裁き、死刑の判決ができるのでしょうか？　どんなに裁いても殺された人は戻ってこないのです……　だからこそ遺族の悲嘆と、殺人者に対する憎悪は測り知れないのです。殺人という行為が起こった後のことは決して解くことができない問題と思えてなりません。そのような行為が起こらないようにすること、そのために努力することのみが私たちにとって重要な課題なのかもしれません。

『黒衣の修道僧』

チェーホフさん、『たわむれ』の絵を担当されたユーリー・リブハーベルさんが、『黒衣の修道僧』に絵を描き、翻訳は、すでにお馴染みの中村喜和先生です。この絵本を目にして連れ合いが、「いいなあ!!! ぼくも、いつか、こんな本を作ってみたい！」と叫びました…… 魂をこめて造られた果樹園を背景に物語が展開されます。物語には作者の分身がいるものですが、それがここでは二重に、正確には二人の登場人物に見えてきます。チェーホフさん、あなたは園芸がとてもお好きでしたね……

主人公の文学修士A・V・コヴリンは幼くして両親を亡くし、今は後見人でもある園芸家ペソーツキー一家に育てられた。園芸家には一人娘のターニャがいて、父親の仕事を手伝っている。彼ら二人はコヴリンにとって最も親しい家族のような存在。ある夏、ペソー

ツキー家に滞在する間に、彼とターニャの間に愛が芽生え、コヴリンは黒衣の修道僧の幻影に出会い、対話を繰り返す。出会いの後でコヴリンは輝かしく生き生きとした人間に変貌する。ターニャはますます彼に惚れ込み、二人は結婚する。妻となったターニャは夫が、彼女には見えない幻影らしきものと対話しているのを知り絶望する。夫は狂人だったのだと……　夫婦の、舅を含めた家族関係の破滅……　コヴリン自身はどうなるのか……

チェーホフさん、あなたは黒衣の修道僧を夢に見たそうですね。というわけで、コヴリンも何だかあなたを想わせます。作品の終局で彼も喀血しますし……　実は、私の周辺でも、幻影を見たことがある人々がいます。私には幻影は来てくれませんが、幻聴がごくたまに起こります。私の名を呼ぶ父や母の声です。とくにややヒステリックに響くのが母の声です。私が動揺する時や、ふと信じられないような悪意を抱く瞬間に響き、はっとさせられるのです。いつも私は無意識に辺りをとつ追いつ見回してしまいますが、近くには誰もいないのです。しかし確かに「ヒロコーッ！」と聞こえたのです。友人の一人は枕辺に父親が現れ、それが彼の最期の知らせであったと私に詳しく語ったことがあります。ご近所に住む画家のNさんは、大学生の頃、友人たちとある中州でキャンプをし、眠っているとき二歳で死に別れた、しかし写真でしか見ていない母親が現れ、はっと目を覚まし、増水が押し寄せた恐ろしい水難から救われたと言います。知人の夫は「数日前から兄が姿を見せ僕と対話しているのだよ」と彼女に話したそうです。その兄は故人でしたので彼女は身震いを押さえられませんでした。そして夫は彼女の予想通り息を引き取ったのです。このような例はいくつもあります。しかしコヴリンのように、幻想の黒衣の修道僧が彼の前にしばしば姿を見せ、対話を重ねるということは、まだ耳にしていません。ただ自己問答はいつでも誰にでもあることです。何度かこの作品を読むうちに、ふと私はこころを病んでいると言われる知人たちのことや、今更ながらあなたが医師であることを想起しました。知人たちは薬を服用しています。治療はそれだけのようです。統合失調症の知人も飲み薬だけです。でも、彼らは狂ってなどいないと私には思えます。思考など全く正常です——そういう私の方がおかしいのではないか、などと考えないで下さいね——ときおり素人の

私は薬だけの治療でいいのかと疑問を抱きます。だって人間は自然の一部であり、いえ、自然そのものですから……　今度生まれてきたら精神科医になりたいなどと想うのです。

『黒衣の修道僧』で、妻のターニャが自分には見えない黒衣の修道僧と夫のコヴリンの対話を聞き、その時の夫を目にしなければ、コヴリンは〝臭化カリ剤〟など服用せずに済み、正常に生きながらえたのではないかと考えてしまいます。詩人の中原中也は《青春の神秘が、こんなにも現実感を以て描かれている作品というものは、世界に唯一つ》と親友に書き、ぜひ読むように勧めたそうです。そう、若いコヴリンの、黒衣の修道僧との出会いはまさに神秘です。そこに至る表現はごく自然で、フィクションと知りつつ、信じずにはいられません。その前に作中で彼が語る伝説は、まるで現在、気候変動によって世界のあちこちで発生している恐ろしい竜巻を想わせます……

チェーホフさん、最晩年のこの作品でおっしゃりたかったことは何でしょうか？　他人に危害を加えないような精神の病はそっとしておきなさいというメッセージでしょうか?!　人には常に話し相手が必要であり、ことに彼を正しく評価できる対話者こそが必要ということなのでしょうか?!　黒と赤という対比でガルシンの『赤い花』が浮かんできますが、黒衣の修道僧に込めたものは何だったのでしょうか。私はまだ、この作品を読みこなすことができないのです。情けないです。チェーホフさん、本当にごめんなさい！

《幸せな物語》　チェーホフを巡る芝居　台本：アントニーナ・ドブロリューボワ

サハリン州立人形劇場の総芸術監督Ｄ・アントニーナ、愛称トーニャと初めて出会ったのは二〇一二年八月、北海道の岩見沢だった。その夏、〃ロシア文化フェスティバル in Japan 2012〃では、サハリンから三つのグループ（サハリン州立人形劇場、ロシア民謡アンサンブル〃エトノス〃〈児童芸術学校〃エトノス〃付属〉、ニブヒ民族アンサンブル〃ピリケン〃）が北海道に来て公演することになり、私は通訳等をおおせつかった。個性豊かな三つのグループは岩見沢にあるテーマパーク〃グリーンランド〃で代わる代わる公演した。

私はサハリン州立人形劇場の演目《親指姫》と《海のカエル》を舞台わきで同時通訳した。トーニャは出会ったとたん切羽詰まったように「ナルミさんを探してください……」と懇願する。札幌に住む友人に相談すると「あなたも知っている劇団風の子の代表、鳴海輝雅さんのことでしょ、ほら、北方圏映画祭だったかな……」と言う。それで私も思い出した。一九八〇年代、札幌で行われた北方圏映画祭にキルギスの映画監督トルムシュ・オケーエフ氏が参加され、また民族文化をテーマに萱野茂氏と対談された。その折りに、私は、北大スラブ研教授工藤正廣先生（現北海道文学館理事長）や鳴海輝雅さんと知己を得た。私は友人に「三つのグループと交互に仕事をするので、あなたが鳴海さんを探して……」と頼んだ。彼女は電話番号を探しだし留守電にメッセージを残してくれた。その日の晩、ホテルでの夕食時に何と二まわり位大きくなられた？　鳴海さんが現れた（この方は現在、同劇団で総芸術監督を務めておられる）。当時彼はスラブ民話を基にし、アイヌの自然観を取り入れた自作の芝居《12の月の物語》のリハーサルを近くで行っていた。たまたま北海道新聞に掲載された記事でサハリン州立人形劇場の来道を知り、留守電も聞いて駆けつけて来られたのだ。というのも、数年途絶えていたが、それまで劇団風の子北海道は同人形劇場と濃密に交流していたという。トーニャと同劇団女優のマルガリータ・ペトロワと鳴海さんは旧交をあたためため、話が尽きなかった。風の子の仲間たちは時間を見つけて、〝グリーンランド〟にかけつけ人形劇場の芝居を鑑賞してくれ、いろいろ感想を聞かせてくれた。

鳴海さんは上智大学のロシア語科で学んだこともあり、かなり上手に、というかほとんど玄人肌にロシア語を話されるが、劇団間の交流通訳者として私を起用してくださった。

こうして、思いがけず私にとってサハリン、ことにユージノ・サハリンスクにあるサハリン州立人形劇場との結びつきがより深くなっていった。

サハリン州立人形劇場では二〇一一年から二年に一回国際人形劇フェスティバル〝奇跡の島にて〟を開催している。第二回の二〇一三年には、劇団風の子北海道は日程がすでに決定していて参加できず、劇団風の子関西が《京都ピーヒャラ》という昔ながらの遊びとお話で構成された出し物を持って参加した。これはサハリンの子どもや大人に大受け、素晴らしい結果を得た。鳴海さんのご紹介で私が同時通訳を務め、初めてフェスティバルに参加できた。人形劇場と銘打っているが〝人形〟は概念でもあるとのことで、参加演目は必ずしも典型的な人形劇（操り、手づかい、指使いなど様々な手法がある）ばかりではない。人形が演じる役を、時によって俳優が人形と同じ装いで演じたり、仮面であったり、人形と人間が混在していたり、実に多様だった。

二〇一五年は第三回目のフェスティバルを迎えることになった。しかし、ウクライナ問題や中東問題等で西側諸国の制裁措置、原油などエネルギー資源の価格低下、通貨価値の低下などによって、サハリンにも大きな影響が出てきた。招待していたグループや人々を招くことができない状況が生まれていた。開催日が迫っている。どうするのだろう？「特別ゲストは呼べなくなったらしい」とか「参加者は誰もが何かやらなければならない、公演する、講義する、ワークショップを行う等など……」という噂が伝わって来る。劇団風の子北海道も日程が変更できず、参加をあきらめるという。子ども達に芝居を見てもらう事で成り立っている劇団は一年以上前から公演日程を入れている。学校や幼稚園や保育園では、そう簡単に日程変更はできない。また、大分前から要望を受け入れてもいる。そうしなければ劇団が成立しない、つまり劇団員が生活していけない…… ロシアの子どもや大人に見ていただきたいものがあるのにと残念でならない。トーニャが、来ていただきたいと絶えず願う東京の優れた某劇団も、十月はかきいれ時で参加できないが、いつの日か……という。私は初めて具体的に、日本の劇団の現状を知ることになった。サハリン人形劇場は州立で、俳優や演出家、事務職、技術職、劇場の受付、案内、クローク担当など八〇人以上の職員が州政府から給料をもらっている…… しかも大、中、小ホール、リハーサル室、衣装部、人形制作部、俳優の部屋などを持つ常設の劇場がある。何と羨ましいことか！　だが、二〇一五年は、その劇場も大変そうだった。挙句の果てかどうか、私と連れ合いに来てくれないかというメール連絡が入る。どうしたものかと逡巡していると電話がかかってきた。「文学年、チェーホフ年なので、みやこうせいにはチェーホフをテーマに写真展を行ってほしい」、「私、宏子は彼の通訳ですね？」、「通訳もお願いしますが、あなたは〝七夕〟について話して下さい。プログラムには私たちの演目〝タナバタ〟がありますから…… 参加者は誰もが何か行わなければならないのです…… しかし写真を含め準備費もギャラも一切出せず、渡航費と滞在費は持ちます……」そうとう大変なのだと私たちは納得し、同意した。サハリンは初めての風の人みやこうせいは大喜び。タガンローグ、モスクワ、メーリホヴォ等の写真はあるが、サハリンの写真がない、と彼。「サハリンにはサハリンのチェーホフ写真はたくさんあるわよ」と私。私は、中国からの七夕伝来史、その祝い方の歴史、七夕を描いた版画やグラフィクなど詳細に学習する。中国の伝説を基にした子ども向けの紙芝居も見つける。ついに日本の七夕の歌をロシア語で歌えるように、楽譜にロシア語歌詞をつける。こうして準備を進めた。

フェスティバルは前回に比べ、オープニングをはじめすべてが質素だった。しかし、私は日頃の三度の食事の支度もせず、多様で果てしない雑用もなく、ただ毎日芝居を見たり、イベントに参加したり、まるで祝祭の日々だった。興味深い芝居やイベント、人々に出会う至福の時を過ごせたのだ……

チェーホフさん、ここでまたもやあなたに関する新しい芝居を見ることになりました。あなたの戯曲は芝居として、東京でもモスクワでも、そしてユージノ・サハリンスクのチェーホフ名称ドラマ劇場でも拝見しています。でも今回はあなたの、ペンネーム、チェホンテ時代の掌篇、チェーホフと本名で発表された戯曲等の登場人物たち、文通していた人人が織りなす、トーニャ作の芝居なのです。勿論、俳優が演じるあなたも登場するのですよ。あなたは常にノートを手にして、何か書いていています。舞台空間では、あらゆる動きが同時進行ですので、この危うい報告文章ではあなたのことは省きますね。ごめんなさい！

観客が人それぞれにホールに入って来る。舞台には黒い紗幕がかかっている。よく見ると丸窓のような穴が数個あって、それが透き通るものでふさがれ、そこに顔が見える。それらの顔の目がリズムをもって一定方向に動く……　何だろうと見つめているうちに開始の第三ベルが鳴り、幕が開く。そこに、チェーホフ全集や伝記等でお馴染のチェーホフ一家の記念写真が現れる。生きた記念写真だ、なぜって俳優たちがチェーホフや彼の家族になりすましている……　背景もチェーホフの家のような雰囲気。だが、やはり不思議な舞台空間が広がる。私はもうここで詳細には思い出せないので、切れ切れにしかお伝えできない。いつの日か、日本でも上演されることを夢見つつ……

『寄る辺なき存在』（Беззащитное существо　かよわき女性、中央公論社刊チェーホフ全集での訳）のヒロイン、シチューキナが、いかにもほっそりと小柄な女性として登場し、話し始め、遂には喋りまくる。すると彼女は、かよわいとか、寄る辺ないとは言い難い存在になっていく……　と思う間もなく『櫻の園』のフィールスが現れ、客たちが来て漬物樽一杯の胡瓜漬けを食べてしまったと嘆く……　『異国で』(На чужбине)のムッシュウ・シャムプーンが叫ぶ「私は信じます、信じます、物事は必ずその痕跡を残すのです……」。すると地主のカムィシェフが言う「月が存在するなら、そこに人が住めるのかどうか面白いことだ、もし月が存在して夜現れ昼消えるとして……」。あれは地主の勝手気ままさを揶揄っている掌篇で、そんな会話があったかなあ、と思っているとシチューキナがまた現れて言う「幸いなことに、または不幸なことに、私どもの人生には、早かれ遅かれ終わるなんてことは何もありません……」

場面は変わり『十年、十五年後の結婚』(Брак через 10-15 лет)で応接室に最新ファッション？　で装った娘が坐っている。赤いフロック、細い赤縞模様のズボン姿でバラライキンが現れる……　彼は確か結婚斡旋屋だったたっけ……　娘とバラライキンの奇妙なやり取りの後で、またシチューキナが現れて、この掌篇の最後の数行を語る「ウグイス、バラの花、月夜の日々、香り高いメモ風ラブレター、抒情あふれる恋の歌(ロマンス)……これらすべては遠い過去のこと……暗い並木道での接吻、最初のキスへの渇きと不安、こんなことは、ボロ靴をはくことやサモイェードの女性を略奪するのと同様に全く時代遅れになった……すべては完成に向かっている」。だがシチューキナは自分の問題にたちかえる「24ルーブル36カペーエク……私はかよわい女性です、どうか私の24ルーブル36カペーエクを返してください……銀行はどこ……」

ナレーターがあなたの大切な言葉を伝えてくれます「私は、幸福とは常に何か哀しいことと混ざり合っていると思うし、基本的に満足し幸せな人々は大勢いるのではないか？みなさん、この人生を眺めてごらんなさい、力ある人々の厚かましさと怠惰さ、弱者たちの家畜同様な暮らし、耐えられない程の貧困、周りはどこも狭苦しく、退化、泥酔、偽善、嘘……　ついでながら、街の中のどこの家でも通りでも、大いに憤慨し声を上げる者が一人たりともいない。誰もが静かに落ち着いており、ただ抗っているのは沈黙する統計のみ。精神に異常をきたしたのは何人、どれだけのアルコール飲料が飲まれたか、何人の子どもが空腹から死に至ったか」

再びシチューキナの、助けを求める物語が始まる……

……と、『ワーニカ』がお祖父さんへの手紙を読んでいる。ああ、ワーニカ！　手紙を書くワーニカは人形だ。「おじいちゃん、おじいちゃん、ボクを連れに来て……」ワーニカはペンを走らせ、悲しい物語を書きつづる……

祖父宛ての、住所のない手紙……　人形が、人形遣いが涙に滲む……

フィールスがさくらんぼのことをしゃべる……「昔、さくらんぼうは香り高かったのじゃ。酢漬けにしたり、乾燥させたり、フルーツ煮にしたり……さくらんぼうが香り高い時代だったのさ、何故って方法を知っておったからじゃ。以前はさくらんぼうを荷馬車でモスクワに、ハリコフにさえ運んだ、小銭稼ぎに、ところが今じゃどうだ？　レシピさえ忘れ去られ……誰ひとり覚えておらん……つい近頃、お嬢さんがやって来なさった……」

突然「ワーリカ！」と叫ぶ女の声に身震いする。「ねむい」のヒロイン、十三歳の女の子の、忘れられない名前……　舞台を見ると、ワーリカが赤ん坊をあやしているが、自分もうとうと居眠りしている……　あちこちから「ワーリカ、サモワールは！」、「ワーリカ！」、「床を磨きなさい！」……「ワーリカ、ペチカの用意を！」、「ワーリカ、水汲みを！」、「ワーリカ！」……

音楽が鳴り響く、縁日、踊る人々、笑い声が……

男たちが黙々と小さな棺を運んでいる……〝その後〟が無言で演じられている……

もうこの辺にしましょう。いつか日本で上演されるまで、チェーホフの、あらゆる作品

サハリン州立人形劇場提供

を読んでおきましょう。そのとき、この芝居は完成することでしょう。目には見えない私たちの心の参加によって、私たちはチェーホフさんの〝新しさ〟を胸にしっかりと受け止めるのです。「三人姉妹」で語られる、「二〇〇年三〇〇年したら、いやいっそ千年たったら……」この地球にたくさんの〝幸せな物語〟が生まれていることでしょう。いずれにしても、この芝居は《幸せな物語》で終わるのですよ……　幸福をつかむかどうか、すべて私たちにかかっているのですから。

「この後にどんな芝居ができるの？」トーニャに訊ねると、即座に「ガルシア・マルケスの『百年の孤独』なのよ」という答え。「でもね、タイトルがよくないわ、今、私たちが置かれている状況が厳しく辛いので……　人々はどれほど孤独を恐れていることか……孤独だけではないの、あらゆる否定的なことを恐れている……　だから物語が生まれる村の名前にしようと思っているの……　どう思う、《マコンド村にて》というのは？」

そう、マコンド村の誕生、発展、衰退の一〇〇年……　日本について言うなら、もう戦後七一年目を迎える。一〇〇年とするなら残る二九年、これらの日々に辛いことが少ないよう、幸に満たされますように！

チェーホフさん、祈ってくださいね！　すみません、他力本願で！

一八七九年タガンローグ

一八八四年モスクワ

一八八九年ペテルブルク

一八九二年メーリホヴォ

一八九七年ニース

一九〇〇年ヤルタ

チェーホフをめぐる旅　モスクワ　その1

アントン・П・チェーホフは一九〇四年七月二日（新暦十五日）に永眠した。チェホームドクター、タウベ医師の勧めでドイツの結核専門医に診察を受けるために、チェーホフは妻オリガに付き添われ同年六月五日にベルリンに到着した。高名な専門医は肩をすくめた。遅すぎたのだ。高熱、呼吸困難に見舞われながらも小康を得るとチェーホフは旅をする計画をたてた。だが、そんなことはまったくかなわない状態だった。せめて二人はシュバルツバルトの西端に位置する湯治場バーデンワイラアに出かけ、そこに滞在した。はじめペンションに、次は個人所有の別荘フレデリケ邸、いわば高級民宿に投宿した。それに慣れてしまうと、またもや旅への思いがつのったが、実現の見込みは皆無だったので、ホテル・ゾッメルに移った。ホテルでも激しい発作に襲われたが、落ち着いたかの状態になった。ホテルのバルコニーから、正面に見える郵便局の周辺で動き回る人々を、彼はあきもせずに観察し続けたという。そして、またもや旅の計画をたて、マルセーユなどから出航するオデッサ行き客船の時刻表を頼んだりした。妹マリヤへの手紙に、チェーホフはロシアへの郷愁を募らせている。旅が好きで、旅先の地の魅力を語りながら、心はひそかにロシアに飛んでいた。それほど彼はロシアを愛していた。世界で最も魅力ある都市としてパリやヴェネツィアはもちろんだが、モスクワも挙げている。モスクワに対する幻を目にした、まばゆいようなまなざしは、初恋のひとに注がれるそれを思わせる……

七月二日になったばかりの午前十二時半に、ふと目を覚ましたチェーホフはオリガに医者を呼ぶように頼んだ。彼が自ら医者を呼んでと頼んだことは一度もなかった。呼吸もおだやかにみえたが、オリガは慌てた。なにしろ夫は、自分では作家というより、職業としては医者であると思っているのだから……

かけつけたシュヴェーレル医師に、チェーホフはドイツ語で「私は死ぬ」と穏やかに、でも厳かに言った。カンフル注射をうってから、医師はシャンパンを持って来させ、病人に勧めた。やせ細った手にグラスを持って、チェーホフは「シャンパンを飲むのは久しぶりだね」とオリガに微笑んだ。心惹かれずにはいられない思慮深い微笑を……と彼女は回想している。そのあと左側に横向きになって眠ったと思う間もなく息をひきとり、時計は午前三時を示していた。

1869～74年チェーホフ一家が住んだモイセーエフの家作。1977年に「博物館――チェーホフ家の店」が開設　© Miya

シャンパンを飲んで、向こう側に寝返りを打って、そっと〝Посошок〟（パサショク、出かける前の一杯、無事を祈る一杯）と呟いたかもしれない。だって彼は別世界に旅立つことを知っていたし、おもわしく呼吸のできない折でもオリガにおかしな話を聞かせて大笑いさせているし、片時もユーモアを忘れなかったから……

アントン・チェーホフは一八六〇年旧暦一月十六日にタガンローグで、食料雑貨店を営むパーヴェル・E・チェーホフの三男として生まれた。残念ながら、私はタガンローグには行ったことがない。きっと面白い町だったのではないかと想像する。多感な、十八、九歳まで、この地で過ごしたチェーホフの、作品に流れる精神の源泉はここで育まれたのではないか……

　タガンローグは、地図で見ると、アゾフ海の入り江、タガンローグ湾に面した港町で、ロシアの南西端ラストーフ州内に位置する。州都ラストーフ　ナ　ダヌーまで鉄道が施工されてから、港湾都市タガンローグはさびれていったという。やがてパーヴェルの店も倒産してしまう……

アントンの祖父エゴールは農奴だった。帝政ロシアは一八六一年に農奴解放令が発布されるまで、農奴制の国だった。農奴と名づけられた人間は、その持ち主によって好きなように使われた、というか、しばしばひどくこき使われた。農奴は、所有者の間で売買もされた。当時の首都ペテルブルクの新聞には、農奴売買の告知が出されている。まるで求人広告のように〝ヴァイオリン演奏が可能な男性農奴ひとり求む。希望価格は……〟という具合だったようだ。楽器演奏というのも、貴族や大地主などが生業として携わるものではなかった。長く続いた農奴制は、人々のメン

© Miya

アゾフ海

タリティに、ひいては社会思想、ロシア文学などに多彩で決定的な痕跡を残していると思える。それはともかく、祖父エゴールは金をためて一家五人（結果として六人全員）の自由を買い取った。そのためには、どれほどの勤勉さ、忍耐強さ、賢明さが必要だっただろうか！　農奴が置かれた状況を知れば知るほど、自由を求める祖父の強靭な意志には驚かされる。もちろん、幸運もあっただろう。彼が仕えた貴族地主チェルトコーフの父親はトルストイ主義者になり、彼の娘の身代金不足を「おまけだ」と言って免除したという。文学から強い影響を受けた時代が始まっていたのだろう。

エゴールは一家の独立、つまり自分の足で立つことを、強力に方向付けた。読み書きを教え込ませ、三人の息子を裕福な商家に徒弟に出し、チェーホフ家が豊かになることを必死で夢見た。チェーホフは祖父を《信念の上で凶暴な農奴》だと言っているが、大変深い表現だと思う。その三男を父に持つチェーホフ。自分が受けた辛酸と暴力の記憶が人格に浸み込み引き継がれることがある。人格といっても複雑、広大で、その記憶だけが占めているわけではないが、無自覚の復讐のように、受けたものを身内や他人に繰り返すことがしばしば起こる。チェーホフの父も、愛情ゆえとはいえ、その方法は横暴だった。ことに妻にたいしては、子供たちにたいする以上に暴君だった。チェーホフは、あちこちで、いつまでも、そのことに心を痛め、悲しみ、血を吐くような思いで語っている。そこからの脱出を、闘いを語っている。自分の肉体、血液から同じ凶暴さを〝奴隷根性〟をたたき出すこと、人の上に決して立たないことを、非人間的な行為を繰り返さないことを厳しく自己に課し、実現し、それを首尾一貫させた人間。

領主や役人に殴られたエゴールはパーヴェルを殴り、パーヴェルはアントンを殴ったが、アントンは誰をも殴らなかった。それどころか、絶えず多くの人々のことを考えていた。タガンローグの学校や図書館に書籍を送り、メーリホヴォには学校を作り、貧しい病人を無料で診察し、助けを求める人々に手を差し伸べた。ロシアの人々を啓蒙することに、どれほど心を砕いたことか！

チェーホフの作品には、その人間性が表裏一体となってにじみ出ている。それを知れば知るほど、外からはまったく見えない、チェーホフの、言行一致を実現しようとする強固な意志、自分にたいする過酷なまでの厳格さなどに、心をゆさぶられる。

自己の内に潜む嫌悪すべきもの、疎ましいものを自覚して、それを追い出すことは簡単ではない。多くの人々が自己正当化し、身内に、他人に、社会に、環境に罪を転嫁させようとする。それも正当な部分もあるだろう。それがひとつの自己保守であり、必要な時期もあるだろう。だが、〝そこから脱出する〟旅を続け、自己変革を遂げないなら、そのように生きないなら、この人生にどんな意味があるのだろうか。どのような人も例外なく、

チェーホフの生家　© MIYA

あらゆる時代に、この宇宙で多分、たった一個の存在なのだ。その、たったひとつの存在が、社会や家庭や、周辺の気分を形成していく。状況を決定していく。その自分をより正しく、美しい内面を持つものにしていくのは義務ではなく、権利ではないか。これこそ自分でしかできない創造分野……誰にでもできるクリエイティヴな人生を築く生活……あれ、お説教しているみたいじゃないの！

チェーホフは、作品によって何かを教えようとはしなかった。説教しようなんて考えてもみなかった。そんなことは大嫌いだった……私も、お説教のつもりはまったくなく、ただ自分に言い聞かせているだけ……

私にとって、チェーホフとの出会いは、そのような人生の旅。自分の人間性を見つめる鏡。

他人を思いやる心のゆとりを得るみなもと。チェーホフの登場人物たちと出会って、くすっと笑っているときは、自分の気恥ずかしい片鱗を見出したとき。泣いている場合だってある……

チェーホフは母親にはとても遠慮というか、気を遣っていたと伝えられる。いまなら、ふーん、マザコンなんだ、と軽くあしらわれるかもしれない。確かに乱暴な父に怒鳴られ痛めつけられていた母にたいする哀れみの気持ちは、兄弟のなかで最も鋭く感じていたようだ。同じ家庭環境の中にいながら、兄弟というのは、家庭の事情をそれぞれ異なって受け取り、後年になって現れる、その痕跡もひどく違ってくるものだ。チェーホフの場合でなくとも、そのような現象に驚かされ、とても不思議に思う。アントンの場合は兄のアレクサンドルやニコライとち

© Miya

チェーホフが通ったギムナジウム

チェーホフ家の品々が残された店内　© MIYA

がって、家庭内現象を〝わが家〟のことだけに、〝わが母〟だけのことにしなかった。その窓から外を眺め、共通項を見出し、普遍化していった。兄アレクサンドルが父パーヴェルのように家庭の専制君主であることを知ったチェーホフは兄を叱咤激励し、冷静に過去を、自分をみつめることを促すような手紙を書いている。《専制主義と虚偽が母さんの青春を台なしにしたことを、僕は兄さんに思い出してもらいたい。専制主義と虚偽は僕らの少年時代を、思い出すのも胸が悪く恐ろしいほどゆがめた。……》（『チェーホフの生活』池田健太郎、中央公論社、チェーホフ全集十六巻）

彼らの母エフゲーニャは、多くの母親と同じように、心優しいひとだったという。実は、専制君主の父親はヴァイオリンを弾き、聖歌隊の指揮をし、イコンも描いていたという。なんと人間は複雑であることか！　どこかでチェーホフは《才能は父から、魂は母からもらった》と書いている。ほんとうに、母の優しさが、他者の苦悩、悲嘆を思いやる気持ちを子供たちに育んだようだ。

パーヴェルが、商売時代の波を乗り越えることができず、騙されたりもして倒産し、追われる身になり、長男と次男が学ぶモスクワに夜逃げする。ついで、母が、妹マリヤと末弟ミハイルを連れて後を追う。タガンローグにはアントンと四男のイワンが残された。イワンはやがて親戚に引き取られるが、アントンは人手に渡った実家で、家主の甥の家庭教師を務めることを条件に食事と部屋を与えられた。三年間、大学受験の資格を取るために、当時の中学校に通った。その他の家庭教師の仕事をし、その一部を貧窮のなかで暮らす一家に送金しながら、自らも極度な貧しさに身をやつし、孤独な日々を過ごした。初期の短篇には、この頃の経験が痛いほどに反映されている。

一八七七年四月、アントンは復活祭の休暇で初めてモスクワに出かけた。一地方の、多感な青年は、女王様に謁見するようにモスクワと出会ったのではないだろうか。貧困のどん底で喘ぐ家族の現実を払拭するような、恋心にも似た気持ちの高揚をモスクワは青年に贈ったのではないだろうか。

チェーホフをめぐる旅　モスクワ　その2

ロシアの首都モスクワの成り立ちは、ロシアのその他多くの古い町よりも新しい。その名称が年代記に登場するのは十二世紀という。しかし、二〇〇三年に生誕三〇〇年を迎えたペテルブルクに比べればモスクワはとても古い。プーシキンが『青銅の騎士』で、ペテルブルクを〝新しい后〟に、モスクワを〝太后〟と例えたように。だが、ペテルブルクの前にモスクワの光は薄れることはない。モスクワには、ロシア・フォークロアの曙光があふれているから……

最近、モスクワに住む友人たちは、「モスクワは変わってしまった」と口々にいう。「どんなふうに変わったの?」と問うと、みんな、しばらく思いに沈む。「ねえ、チェーホフの『三人姉妹』の第二幕、イリーナの台詞、もちろん覚えているでしょう、『モスクワへ! モスクワへ! モスクワへ!』という気持ちが今はわかないのよね」とひとりが哀しげにため息をつく。すると、もうひとりが「『私のモスクワ』と言えなくなった」と断言する。でも、結局みんな〝可愛さあまって憎さ百倍〟揺れてふと近親憎悪に傾斜して、実の所、モスクワが大好きなのだ。

チェーホフもモスクワに夢中になる。夜逃げ同然のようにモスクワに逃げ出した家族のもとへ、初めてチェーホフが出かけたのは一八七七年、彼が十六歳のとき、復活祭の休暇中だった。長兄のアレクサンドルが汽車の切符を贈った。一二八〇キロの旅。列車の速度は現在に比べ、何とも緩慢だった。家族と再会する喜び、未知の土地への思いと憧れを交々に増幅させながら、列車は彼を運んで行った。

再会の喜びもつかの間、アントンは一部屋に雑魚寝する家族の悲惨な状態を目にする。ただ一人の妹、マリヤも母も内職に明け暮れている。美術学校に在籍する兄のニコライが友人たちと引き抜いてくる数本の薪で暖をとる。父親は相変わらず家長風を吹かし、小独裁者ぶりを発揮し、飲み仲間と酒に浸り、酔った勢いと高揚感にのみ救いを見出す。食べるものにも事欠くのに酔っ払った仲間たちは人生論や人間論をぶち、涙にくれる。傍から見れば、まるで芝居のようでもあり、これがロシアだ、と言いたくなるかもしれない。とても気恥ずかしい思いでアントンはそれを眺めたことだろう。極貧状況にしばしば見られる悪循環とあきらめ、現状にただ溺れ沈んで行く人間の弱さなどをアントンは、いやというほど目にする。この現実を直視せず、やはり酒と女に溺れる兄たちの生活態度も辛く哀しい。結局、悲惨な状態を救えるのは自分しかいないと自覚し、アントンはその重責を生涯、果たすことになる……　しかも、このような状態もアントンの若さ、精神、性格を損なうことがなかった。いや、もしかしたら、その後、性格が形成されるなかで痕跡を残したかもしれない。でも大きなマイナスとしては、作用しなかったのではないか。ただ、あの眼差しに、その陰翳が見られるような気がするのは私の思い過ごしだろうか……

でも、家を一歩出て、モスクワを散歩すると、アントンはほっと息をつくのだった。ロシアの人々にとって、昔も今も〝散歩〟はとても大事な行為であることに変わりない。すぐ、「散歩しようよ」ということになる。それも、みんなゆったり歩く。リズミカルに歩くのが健康によい、といっても聞き入れてもらえない。大きな距離を、内面に感覚しているからかもしれない。どこに急いでも、巨大な空間を克服なんかできないではないか。ゆっくりと歩みを進めながら、腕をとりあったり、話し合ったりする。アントンも路地に迷い込んだり、モスクワ川に出たり、クレムリンの建物に目を見張ったりした。クレムリン周辺は、その当時まだ区画整理はされておらず、今よりももっと高台になっていたので、イワン大帝の鐘楼も、もっと空に向かってそびえていたことだろう。金箔の円屋根は、冬の日差しにきらめき、青年に微笑みかけたかもしれない。今だって、さまざまな国から、町から、村から、モスクワを訪れる人々はクレムリン周辺の、おとぎのような世界にびっくりさせられる。クレムリンは、ギリシャ語の〝クレムノス――岩壁〟からきた言葉で、ロシア語では〝要塞〟を意味する。第三のローマと言われたモスクワも一日にしてならず、歳月を重ねて現在の姿にいたった。チェーホフが初めて目にした頃は、ほとんど完璧と言えるほどになっていた。タガンローグから出てきた気持ちのやさしくナイーヴな青年の驚きは想像にあまりある。

クレムリンには、赤の広場が隣接する。古代ロシア語で〝赤〟は〝美〟とか〝祝典〟などと同意語だったという。このように名づけられたのは十七世紀半ばである。やはり、一日にして成ったわけではないが、アントンが来た頃は、とっくにそのように呼ばれていた。美しい広場＝赤の広場は、とても不思議な空間である。それはむしろクレムリンの中心をなす場所となっている。広場は南北に伸び、南側の幅が少し狭い。

そのため視覚上では、南側の真ん中に位置する聖ワシーリー寺院（ポクロフスキー大聖堂）がより壮大に目に映る効果をあげている。九つの、葱ぼうず形の円屋根は九つすべてが同時に見えることはない。アンリ・トロワイヤのチェーホフ伝（中公文庫）には《広場の向こうに見える聖ワシーリー寺院はすぐさま眼についたが、どことなくちぐはぐで突飛なので、食卓の端に積木でも積み上げたように華美にみえた》とある。ずっと文通していた従兄のミハイル・チェーホフへの手紙に、そのような内容の文面があるのかもしれないが、私はそんな手紙をまだ見つけていない。この大聖堂は、広大なロシアに同様の建築物は二つとなく、実に奇妙だが、なぜか忘れることができない姿をしている。それは、《タタールのくびきの終焉のシンボルであるだけでなく、ロシアが中央集権化された国家体制へ向けて第一歩を踏み出したことの象徴でもある》（『ロシア建築案内』リシャット・ムラギルディン著　TO出版）と分析される建築物なので、アントンが語る印象は何かを言いあてているのかもしれない。

ソ連時代、科学アカデミーによって刊行されたチェーホフの書簡集は十二巻あり、第一巻には一八七五年～八六年の手紙が収録されている。一八七七年五月六日の従兄への手紙には、モスクワからタガンローグに戻ってから手紙を書いていないことを詫びるとともに、《モスクワのあとで私の頭の中はぐるぐる回っています》と記されている。その後の手紙にもタガンローグとモスクワの劇場の比較などが語られ、アントンが心身ともモスクワの虜になっているさまがうかがわれる。《中学校を終えたらすぐに翼でモスクワに飛びます、モスクワはとても気に入りました！》（一八七七年十一月四日、従兄のミハイルへの手紙）

チェーホフが四十歳の頃、つまり晩年に脱稿した『三人姉妹』には、初めてモスクワを訪れたアントンの気持ちが反映されているのではないか。三人姉妹は、かつて住んだモスクワを懐かしがっている。でも、「モスクワへ！　モスクワへ！　モスクワへ！」という思いは、タガンローグで孤独のうちに、家庭教師の仕事に励み、自分が食べるものまで削り家族に送金し、モスクワ大学医学部で学ぶことを、家族を養うために金持ちになることをひたすら夢見ていた青年の気持ちに重なる。辛い日々を、楽しく美しい未来を思い描きつつ生き抜いてきたのだ。その苦悩が、いつか未来の人々にとっての喜びとなり、自分にとっては空しく苦しい人生が無駄ではなかったという思いがルフランとなって……『三人姉妹』に響き、潜みこむ。創作とは、その作者が生きてきた時と空間の結晶が土台となり、そこにファンタジーがちりばめられるものなのかもしれない……

タガンローグの中学校を優秀な成績で卒業し、チェーホフはついに一八七九年夏、モスクワにやってきた。家族全員が彼を大歓迎し抱擁した。母と妹の喜びはひとしおだった。二人にとってアントンこそ救いの主だった。久しぶりに家族に笑いが戻ってきた、とマリヤ（愛称マーシャ）が回想している。アントンはまず、自分の奨学金も投入し、友人を自宅に下宿させたりして家計の建て直しをはかった。十九歳の青年は穏やかに一家の、長の座におさまった。二人の兄、アレクサンドルとニコライには生活態度、二人の弟イワンとミハイルには生活スタイルや振る舞いに、こうしたら、とやんわり勧めるのだった。チェーホフ家の兄弟と妹はみんな才能があった。これは驚くべきことだと、あらゆる国の伝記作家たちは述べている。だが、才能も花のようなもので、水や肥料をやり、育てなければならない。モスクワ音楽院の教授ヴェーラ・ゴルナスターエヴァ先生（二〇一五年一月逝去された）はときどき嘆息される。「長い人生で、才能に恵まれた子ども（学生）たちにたくさん出会ってきたわ。でも、その多くがどこかへ消えてしまうのよ」私は驚いて「まあ、どうしてかしら？」と訊ねる。先生はご自分の頭を指で突きながらおっしゃった。「ここが大事なのね。距離を置いて自分を見つめれば、自己管理できるのに、いくら言っても、それをしないか、それができないかなのよ……」チェーホフの兄たちのことを知れば知るほど、ヴェーラ先生のことばが、嘆息がよみがえる。チェーホフの無念の思いが推しはかられる。

1886〜90　医師としてここで開業。後にチェーホフ文学記念館、モスクワ　© Miya

　アントンは家族の面倒をみるばかりか、医学の勉強に励み、アントーシャ・チェホンテのペンネームでユーモア雑誌『とんぼ』に多くの短篇を投稿し続ける。原稿が採用され何がしかの原稿料を手に入れるだけで彼は満足

していた。執筆がやがて彼の重要な第二の職業となるなど、夢にも思っていなかったらしい……一八八二年に四男のイワンは教職に就き、一家の喜ばしい出来事となる。だが、兄たちは相変わらずだった。何よりもまず彼らの状況を哀れみながら、チェーホフは忍耐強く彼らをさとし、ロシアが才能を失う、その開花を待っていると言って励ますのだった。チェーホフは医学部を優秀な成績で卒業し、八四年に医師の資格をとる。文学の上でも、彼の文学活動の運命をまったく変えてしまうような、厳しくも心こもる手紙を作家のグリゴローヴィッチから受け取る。

彼はモスクワ環状道路に沿う一軒家を得、一八八六年から九〇年にかけて住み、医院を開業した。大輪の花はついにモスクワに深く根を下ろしたのだ。

© MIYA　文学記念館内部の展示物

チェーホフをめぐる旅　メーリホヴォ　その1

チェーホフは一八九二年から九九年までの七年間をメーリホヴォで暮らした。

ここに領地を得て、家を建て、両親、妹とともに引っ越し、一家は朝早くから庭を整備するなど、よく立ち働いたという。ここで、チェーホフは、いわゆる二足の草鞋――医学と文学を両立させ充実させようとした。《医者としては患者が必要だし、作家としては人々の中で暮らす必要がある》と書いており、そのような状況に身を置こうと試みた。折りも折りコレラが流行り、彼は奉仕で医療活動に全力投球した。そのなかでロシアの現実にぶつかっていく。また、自宅でも病人の診察にあたった。患者は主に周辺の貧しい農民たちで、診察費も薬代も受け取らなかった。だからますます評判になって、かなり遠くからも病人が運ばれてくる状態だった。後に離れを建て、そこがチェーホフの診療所兼書斎となった。在宅で、診療が可能なときは小旗をたてて目印にしたという。しかし、村役場など地方自治体からも頼りにされ、大勢の病人を診察するばかりでなく病気の対処法を教え、施設の建設を指導した。それこそ力つきるまで働き詰めだった。それでも作品を書く手も休めるわけにいかなかった。忙しいのに客好き、人間好きでもあったので、友人たちも多くやって来た。こうした状態が創作を阻むこともしばしばだった。出版社主スヴォーリンにも嘆きの手紙を書いている。それにもかかわらずメーリホヴォでの七年間は、息詰まるほどの多忙さ、家族や友人を取り巻くさまざまな事件もあり、過ぎ去ってみれば、あるいは、はた目には多彩で充実していたと言えるのではないだろうか。

かつてのチェーホフ家は、離れはそのまま、母屋もできるだけ往時を保ち、領地内に事務所なども建て増しされ、チェーホフ博物館となっ

© Miya

メーリホヴォの家の離れ

チェーホフの書斎と書き物机　© MIYA

ている。そこにチェーホフの作品を愛し、興味を抱く人々が国内外からやって来る。私が訪ねたとき、チャイコーフスカヤという、愛くるしさをそのまま残しつつお年を召した方が館長だった。作曲家チャイコーフスキーの末裔かと心を弾ませたが、単なる偶然とのことだった。その館長に案内され、往時を偲びながら見学しているうちに、胸に甘酸っぱいものがこみ上げてきた。「チェーホフは二番目の〝初恋〟の人」（一番目はジャック・チボー）と私は呟いていた。「まあ、そうでしたか。私も、なの。チェーホフを愛さない女性がこの世にいるでしょうか！」という館長。そのとき、「ミシューシ、きみはどこ？」と聞こえたような気がした。メーリホヴォ時代には、先に紹介した『中二階のある家』（マイ・ミトゥーリチ挿絵、工藤正廣訳、未知谷）

を含めてチェーホフは四〇の作品を書いている。そんなことを考えながら散策していると、この『中二階のある家』に描かれる社会背景や、『かもめ』（堀江新二訳、群像社）に登場する風景がそのままオーバーラップしてくる……

チェーホフが建てた学校を見学し、昔ながらに道がぬかるんだ村を散歩していると、小さな教会が目に映る。粘土質の泥から足を引き離すようにして教会に向かう。白いスカーフをした数人の女性と男性がちらほらしている中から、澄んだ声の聖歌が流れてくる。この人たちが歌っているのだ。おもわず聞き惚れて立ちすくむ。ふと気づくと私と連れ人は人々に取り囲まれていた。若い司祭が、「アントン・パーヴロヴィッチ・チェーホフが存命の頃、ここにあった教会が、チェーホフ家のお蔭で再び建立されたのです」と微笑んだ。「チェーホフ家!?」と私は驚きの声を上げた。夢を見ているのかもしれないと、とっさに思ったのだ。瞬間、一人の中年女性が、手を携えていた青年を私の方に押しやるようにして言った。「ほら、この若いのがチェーホフの末裔ですよ」私は、アントン・パーヴロヴィッチに子どもがいなかったことを覚えていたにもかかわらず、どこかに彼の子どもがいたのかと慌ててしまった。でも、すぐに自分が俗世間に漬かっているのだと気恥ずかしくなり、横で頷いている司祭に問いかけようとした。司祭が実に純粋な心の持ち主だということがすぐさま感じられたからだ。そのときジェーニャと呼ばれるその女性が、「私たち

チェーホフの建てた学校　© MIYA

のダーチャ（セカンドハウス）もこの村にあるの。遊びにいらっしゃい。でもね、そんな履物では無理だわ。そうだ、モスクワの我が家にいらっしゃいな。お待ちしていますよ」と善意あふれる表情で、私の顔を覗き込んだ。

後に、若い人は本当にチェーホフの傍系で、ひ孫の世代にあたることが分かった。六人きょうだいのチェーホフは末弟ミハイルをことのほか愛していた。その息子、つまりチェーホフの甥はセルゲイ・ミハイロヴィッチ。その息子はセルゲイ・セルゲイヴィッチ。その息子イワン・セルゲイヴィッチ・チェーホフに教会で出会ったのだ。そのとき彼は自閉症を患っていた。それで、大きな息子を母親のジェーニャが手をとって、私の方に押し出したのだった。彼は気弱に、どこか奥の方から笑顔をおずおずと引き出すようにした。ずいぶん努力して気を遣っている様子だった。それにしても、ミハイルからイワンまで何という歳月が流れていることだろうか。そして、そんなに重要ではないかもしれない、この家に伝わる話を耳にすることになる。チェーホフの伝記には多くの女性が登場する。なかには、客観的事実を無視するかのように、チェーホフは自分を深く愛していたと固く信じていた女性もいる。彼女とチェーホフとの交流の中で、どこかにそう確信できる〝核〟があり、彼女はそれに取りすがったのかもしれない。メーリホヴォ時代が始まった一八九二年にチェーホフは、妹マーシャの同僚で、愛称リカ、リーディア・ミジーノワにたくさんの手紙を書いている。渇望のように愛に満ちて、ときに身を引いて、そうかと思うと自嘲に襲われ、相手への

© Miya

妹マーシャの部屋

皮肉に満たされて、また、ややもすると男の媚態ともとれる文面で……

チェーホフの甥セルゲイ・ミハイロヴィッチは六歳の頃、リカの膝に坐ったという。リカから得もいわれぬかぐわしい香りが立ち上り、六歳の男の子はそれを生涯記憶していた。これを証明するかのように、チェーホフからリカにあてられた手紙の一フレーズを知らされる。《あなたの香水に私は酔いしれたいし、あなたがすでに私の首に投げた縄を強く締めるのを手伝ってほしい》（一八九二年六月二十八日）私はずっと後にこの文面をソ連アカデミー刊行のチェーホフ書簡集第五巻で見つけた。女性なら誰でもめまいを起こし気絶するか、激しい動悸に襲われそうな手紙もリカは多々受け取っている。チェーホフはリカに、丁寧な《あなた――Вы》で、または親密な《きみ――Ты》で呼びかけている。彼はリカを愛していた、本当に愛した唯一の女性だった、というのがミハイルの末裔に伝わっている。真にチェーホフを愛したのもリカだけだったという。だがチェーホフは彼女と結婚することを決断しなかった。リカは、その態度にひどく苦しめられている。もう自分を呼び寄せないでほしい、手紙も書かないで、と涙ながらに（と私には思える）チェーホフに訴えている。ときには互いに相手の気を惹こうともしている。もしかしたら、自分の好みの女性との生活に溺れてしまうのをチェーホフは極度に恐れたのかもしれない。彼は、鋭敏な作家の例にもれず、生命に限りがあることを含めて先を見すえていたのかもしれない。

自分の仕事を持つだけでなく、それに〝生きる〟ことができる女性でなければ伴侶にする決断は下せなかったのかもしれない。オリガ・クニッペルとの結婚を決意した折に、妹や母親に書いた手紙には、結婚によって自分の生活が少しも変化しないこと、自立している彼のパートナーは自分ひとりでも生きられるのだと強調されている。その点で兄たちと異なり、彼は自分の好みに決して溺れることがなかったのではないだろうか。そのことこそ、家族のためというだけでなく、作家が自分に課したことだったかもしれない。

リカはメーリホヴァの客間でしばしば、やはり招かれていた作家のポターペンコのピアノ伴奏でロマンスを歌った。歌はリカのちょっとした道連れだった。煮え切らないチェーホフへのあてつけのようにリカはポターペンコの愛人になって子どもを生んだが、その子も亡くしている。そのようなことすべてをも、チェーホフは見抜いていたのかもしれない。それにしても、何とも哀れな気持ちにさせられる……　メーリホヴァの離れで書かれた『かもめ』に登場するニーナにはリカの面影も投影されていると言われているが……

『かもめ』のポスター、モスクワ文学記念館
左下は絵本作家スズキ・コージ氏のポスター　© Miya

《朝早く草原を散歩したのを覚えていますか？》（チェーホフからリカへ。一八九二年六月二十三日）という文面を見ると、『中二階のある家』のなかの、画家とミシューシの散歩の雰囲気がいきいきと蘇える。一般に広く伝えられている華麗な美女リカのイメージはミシューシからほど遠いが、リカにも初めはそのように清楚なイメージもあったのではないかと想像してみる。そして、その姉、美人で理知に勝る活動家リーダは、まるでチェーホフの分身そのものではないか。まさにチェーホフはメーリホヴォでの活動を、まるでリーダのように展開していたのだから。画家にも作者の分身が仄見える。作中でリーダは、ミシューシと呼ばれる妹を慕う画家を極度に嫌っている。もう一人の自分を冷静に凝視する第二の自分を、チェーホフはたえず疎ましく思っていたのではないだろうか……

さて、リカはロシアを去るときに、大事にしていたチェーホフからの手紙の束をミハイル・パーヴロヴィッチに届けた。ミハイルは彼女に言った「あなたが外国でお困りになるようなときに、この手紙は高く売れますよ、きっとお役にたつでしょう。あなたに宛てられた手紙ですから、あなたのものです！」リカは涙ぐみながら、でもきっぱりと断言した。「いいえ、この手紙はロシアのものです！」こうして手紙は十二巻のチェーホフ書簡集に残されることになった。これらの手紙を読んでみても、二人の交流が明らかになるわけではなく、二人にしか分からないことは謎としてのみ永遠に生きるのだろう。

チェーホフをめぐる旅　メーリホヴォ　その2

メーリホヴォの、チェーホフ邸の敷地に初めて足を踏み入れたとたん、ここはもしかして『かもめ』（堀江新二訳、群像社）の背景となった場所ではないか、と思った。池というか、小さな湖を目にしたとき、それを確信した。文学作品にとって些細なことと分かっていながら、心がひとりでに弾む。水辺を飛び交うカモメのように、池から離れられない。池の写真をたくさん撮らなければ、と呟きながら……静寂を破って、ふと銃声が聞こえ、カモメが撃ち落されるかもしれない。コースチャ（トレープレフ）がカモメの死骸をニーナの足元に置く……それから、作家のトリゴーリンの台詞が聞こえる。手帖に何か書きとめる彼に、何を書いているのか問うニーナへの答え。「いわば、メモを……筋立が閃いて……（手帖を隠しつつ）小さなお話の筋ですよ。池のほとりに、幼少のころから若い娘が住んでいる、あなたのように。カモメのごとく池が好きで、カモメのごとく幸せに、自由に暮らし

敷地内の池 © Miya

ていた。でも偶然やって来た人が、見そめ、暇にまかせて、彼女を破滅させてしまう、ほら、このカモメみたいにね」

トリゴーリンがいつもメモする手帖、これは〝チェーホフが持っていた手帖に実によく似ている〟とイリヤ・エレンブルグがどこかに書いている……

チェーホフはまさにメーリホヴォの離れでこの戯曲を書き、その場所――診療所兼書斎には記念プレートさえかかっていた。この白いプレートには、モスクワ芸術座やオリガ夫人の墓碑に刻まれている『かもめ』のシンボルマーク、飛翔するカモメはない。とっくにカモメは飛び立ち、ロシアばかりか世界をめぐっているのだろう。宇宙にだって飛び立ったくらいだから。

チェーホフの戯曲のなかでも『かもめ』は実

に興味深く、いつ読んでみても何かしら発見がある。最初は、ニーナに注目し、彼女をカモメの化身ととらえ、その運命に胸がかきむしられ、それだけにトリゴーリンに憎しみさえ抱いた。その後も、さまざまな重点の置き方をしてきたが、最近ではトリゴーリンのモノローグのような告白の台詞に胸うたれる。ニーナが憧れる人気作家の、人知れない苦悩。それを吐露する様子は誠実でさえある。相手が若い女性であり、敬愛されていることを感知し、つい本音が口をついて迸《ほとばし》ったのだろうか。そのような状況を作り上げて、チェーホフは作家が抱える問題を提示していると言えないだろうか。作家だけではない、世間でもてはやされ輝いている（と思われる場合もあるが）人と、そうでない人のあり方そのものが、ニーナとトリゴーリンの会話に示されている。この問題は、テレビが隅々にまで普及し、少数の輝ける人々がいつも目前にあるかのような現在の方がもっと鋭くはっきりとしてくる。トリゴーリンが位置する場所に自分も身を置いてみたい、とニーナはいう。《才能ある有名な作家が、ご自分をどんなふうに感じておられるのか知るために》きらきらする眼差しをニーナは憧れの人にじっと注ぐだろう。有名人を取り囲む有名ではない私たちの姿が思い浮かぶ。

才能ある人のために身を捧げたいという憧憬、自分も女優としてそのように生きたいという熱望から、ニーナは池のほとりから旅立つ……　彼女を愛するトレープレフを振り切って……

あるとき東京で通りをあるロシア人映画監督と歩いていた。いくつかの小さな撮影グループが、なぜか通りのあちこちに待機したり、撮影したりしていた。いずれも若い女の子を対象に。「ここでも希望と絶望を繰り返すのかな……」と監督が呟いた。「えっ、何でしょう?」と聞き返すと彼は物悲しげな表情で語ってくれた――ロシアのあるTVディレクターが、よく若い人々を起用する。彼らはスターになったつもりになり、人生の輝かしい軌道に乗ったと思い込む。だが、ディレクターは別のテーマへ進み、別の若い人が必要になる。このようにして、そのディレクターの責任とは決して断定できないが、数人の若い人々が、その人の番組が変わるごとに自殺して、その数はもう五、六人に上る……何という恐ろしい数だろうか……あの光景を見ていたら、それを思い出して……と彼は口をつぐんだ。「……大事なのは、名誉とか輝きとか、私が憧れたことではなく、忍耐できるかどうかなのよ」終幕の、ニーナの台詞を引用すると、チェーホフを愛している監督は微笑んだ。しかし物質文明が頂点に達したのではないかと思われる現在ほど、〝忍耐〟することが困難を極める時代は未だかつてなかったのではないか。精神ばかりか肉体さえも……でもニーナの旅立ちを、教訓として否定するなど誰にもできないはず。誰だって旅立ちたい、何かを探し求めて……

トリゴーリンが語る、書くことに追われ、それが強迫観念となって彼を苦しめる日常生活。若いニーナにはそれが実感できない。経験を経なければ実感するのは難しい。トリゴーリンが、習慣として、あるいは必要に迫られて手帖にメモする姿は、チェーホフその人を彷彿《ほうふつ》とさせる。エレンブルグがいうように、あの手帖は、きっとチェーホフのものなのだ。トリゴーリンの、作家としての実感は、チェーホフ自身を思わせ、願望し、後に作家になるトレープレフにもチェーホフの分身が散見するのは当然なのだろう。だが、トレープレフにはもっと複雑な役割が与えられている。有名な女優アルカージナを母に持ち、彼女からはいうまでもなく、その愛人トリゴーリンの存在そのものからもプレッシャーを受け、たえず自信喪失の危機に見舞われる、まだ独り立ちできずにいる青年。彼とニーナは、まるで番《つがい》になりえなかったカモメのようではないか。自分が猟銃で撃ち殺したカモメを前に彼は言う。「やがて、このように僕は自分自身を殺すだろう」何という恐ろしい伏線を、チェーホフはさりげなく置いたのだろうか。

第一幕でトレープレフの芝居が始まる前に、アルカージナはシェークスピアの『ハムレット』を読んでいるらしいと、作者のト書きで推測される。子供の頃から芝居好きのチェーホフはシェークスピアを気にしていた。作家ではモーパッサンやレフ・トルストイを。いや、チェーホフだけではなく、世界中で私たちの多くが少なくともシェークスピアには出会っていることだろう。

アルカージナ：（息子に）私の可愛い息子、いったいいつ始まるの？
トレープレフ：すぐですよ。もう少しがまんして。
アルカージナ：（『ハムレット』の一節を読む）わが子よ！　おまえは私に心の奥深くを見つめさせ、それで私は、かくも血にまみれ死に瀕した潰瘍を、わが心に見出した――救われない！
トレープレフ：（『ハムレット』から）なんのために、あなたは悪徳に屈し、罪の奈落で愛を探したのでしょうか？

この引用部分は日本では英文から訳されている。このロシア語訳は意味を重視し上品になっている。それはともかく、アルカージナは女優なので『ハムレット』をひもとき、たまたまそこを読んでいたと考えることができる。だがトレープレフの反応のよさ。彼は他の箇所でも『ハムレット』を引用している。チェーホフは明らかに、『ハムレット』を強烈に意識し、ある種の透かし模様にしていたのではないか。透かしの奥はもっと深く複雑に広がり、人間模様が織りなされる。他の登場人物たちの、成就されない恋、形骸だけの夫婦という泣き笑いのテーマは、後に書かれた『三人姉妹』にも継続される。詳しく語る紙数はないが『かもめ』は時代を先取りさえしている。一〇〇年後、二〇〇年後、千年後などという年数は、チェーホフ作品の登場人物等のおしゃべりというより、作家自身は深く考察し未来を見据えていたことだろう。ただ、それを決して押し付けようとはしなかった。それが自然ににじみ出るような手法を、深い思惟で起用したにちがいない。そうでないなんて、とても考えられない。

また、『かもめ』では、さまざまな小細工を施して楽しんだ節もある。第三幕でニーナがトリゴーリンに贈るロケット。これは、チェーホフに恋をしていた人妻、先述した女流作家のアヴィーロワがチェーホフに贈ったことを取り入れたという。彼女はそのいきさつを『わたしのチェーホフ』という思い出（チェーホフ全集、中央公論社）に詳しく、ときには一方通行気味に書き残している。

劇中で使われる引用文は、トリゴーリンの著作『昼と夜』一二一頁、十一行目と十二行目から、〝いつか、わたしの命が必要になったら取りに来てください〟とあるが、これは『かもめ』の序曲のようなチェーホフの短篇『隣人たち』からアヴィーロワが引用したものだ。だが劇中での頁をチェーホフは自作短篇集ではなく、アヴィーロワの著作集からとって、ペテルブルク初演の客席にいた彼女に、ロケットへの返礼とした。何と粋なこと！

あるいは戯れだろうか！

ここにはメーリホヴォ生活が螺鈿《らでん》のようにちりばめられている！　エレンブルグがいっているー―登場人物たちは作家ポターペンコであり、彼が心の秘密を知っていたリカ（本書一八〇頁参照）やその他の女性であり、出入りの若いデカダン芸術家であり、彼が世話をした画家、作家、詩人である……しかし、『かもめ』はチェーホフ自身であり、彼の思想、情熱、詩であり自伝でもある、と。

あるときモスクワのユーゴザーパド劇団が来日した。『かもめ』の、簡素な舞台を目にしたとき、淡い煌きに縁取られたメーリホヴォの水辺がよみがえった。カモメは白いベールで象徴され、浮遊し、飛翔し、わが身を水に浸す……運命に負けず、生きていこうとするニーナの姿に、私は拍手喝采を送っていた。

チェーホフをめぐる旅　ヤルタと『僧正』

チェーホフは結核を病んでいた。あの頃は、いや時期としてはずっと前から世界中の多くの詩人や作家は申し合わせたように結核を病み、早々とこの世に別れを告げていた……チェーホフもかなり若い時期に喀血している。もちろん自分も医者なので、よく知っていたが、担当の医師に暖かい地方での療養を勧められ、寒さから逃れるようにはるばるニースくんだりまで出かけていた。

女帝時代（一七三〇～九六年）――アンナ（在位一七三〇～四〇年）、エリザヴェータ一世（一七四一～六一年）、エカテリーナ二世（一七六二～九六年）――が続いたロシア帝国は、領土を奪回し、拡張していった。アゾフ海をかこむ地域、南部ステップ地帯、黒海などを掌握し、一七八三年にはウクライナを侵略し続けていたクリミヤ汗国を併合した。それによって、十四世紀にジェノヴァの植民地、十五世紀後半からトルコ領となっていたクリミヤ半島はロ

ヤルタ遠景　© MIYA

シア領になった（15の共和国で構成されたソ連時代、フルシチョフ首相〈一八九四～一九七一〉はクリミヤをウクライナ共和国に渡したが、現在はロシア領）。

チェーホフが療養のため好んで滞在したヤルタはクリミヤ半島南端の、黒海に面した、風光明媚で温暖な場所である。ロシアの貴族や裕福な人々が別荘を建てていた。第二次世界大戦後の処理をめぐって開かれたヤルタ会談は、ここ、ヤルタ市沿岸にそびえるリヴァディア宮殿で行われた。この宮殿は、広大な地にロマノフ王朝最後の皇帝、ニコライ二世の夏の別荘として一九一一年に建てられたものだ。ソ連時代は療養所となった。同時に、スターリン、チャーチル、ルーズベルトの三巨頭会談が行われた場所として博物館になり、シーズンには広大な庭園を見物客がいい気分で逍遥している。宮殿の入り口はモスクを思わせ、中庭に面した白い回廊はスペイン風つまりアラブ風であり、どこかロシア風も忍ばれるが、棕櫚が風に揺れる光景にロシアを思わせるものは何もない……

一八九八年に急性脱腸で父親を亡くしたメーリホヴォは母親にとっても、思い出に耽りがちになる悲しい場所になっていた。チェーホフはメーリホヴォの家作を手離し、戯曲以外の作品出版権をペテルブルクの出版社に売却して資金を調達し、温暖なヤルタに土地を購入した。そこは、当時まだヤルタ市内ではなく、アウトカという名の近郊で、海岸から二キロメートル弱離れた丘の中腹にある。またもや、チェーホフは非常な労力を投入し自らの手で樹木や花を植え、庭を整備した。まだ丁寧に〝あなた〟と呼びかけていたモスクワ芸術座（当時は、芸術普及

© MIYA

ヤルタの庭

座）の女優オリガ・クニッペルにヤルタからチェーホフが書いた手紙（一九〇〇年二月十四日）には、《秋に植えたバラ七〇本のうち根づかなかったのはたった三本です。ユリ、イリス、チューリップ、月下香、ヒヤシンスはすべて地面から這い出しましたよ。ネコヤナギはもう緑に色づいています……》、その頃の情景が彷彿とする。またこの手紙には、木製のベンチを庭の片隅に置いて、緑色のペンキを塗る、とある。そのベンチに作家のゴーリキーが好んで坐ったと伝えられている。

さて、この年の晩春から、オリガへの手紙の呼びかけは Ты《きみ》に代わり、どんどんエスカレートし、〝可愛い女優〟〝わたしの心〟ついには〝油虫〟〝イヌのオーリカ〟〝ばあちゃん〟〝かあちゃん〟〝心のワニ〟など、まるでヴォードヴィル調である。文面に現れるその人となりはいうまでもなく真摯そのものである。同時に彼はユーモア、いたずら、陽気なことが大好きだったのだろう。結婚して一年以上もたつと、離れ離れの暮らしや、過労から流産するという悲しいことに遭遇したせいか、オリガは、夫が自分に陽気な人を求め、人間を見ないとか、いろいろ、端《はた》からは見当違いと思えるような手紙を書いている。それにもチェーホフは実に誠実、正直、そして前向きに対応しているので感動させられる。岩波文庫の『妻への手紙』（湯浅芳子訳）が復刻されているので、ちょっと覗いてみたい。《手紙をもっと書いてくれたら二十五年は愛する》、《一カペイカ分だけでもいいから私を思い出してくれ》、《元気で陽気でいてくれ、やせるな、肥った赤い頬っぺたで…》、《百一万三千二百十二回、君にキスする…》――どこからこんな数字が出てくるのだろうか。チェーホフは自分のことも、〝A・チェーホフ〟から〝あなたのアントン〟へ。そして、〝君を愛し続けている学士院会員〟〝修道僧〟〝老人〟〝君のトト〟〝九等官のカヴァレール〟〝どうちゃん〟〝君の修道司祭アントニイ〟など、ふざけて、あらゆる表現を施し、時にはオリガの顰蹙《ひんしゅく》を買っている……今わの際にオリガを大笑いさせ、夫が亡くなっていることなど夢にも考えられず呆然としていた彼女への〝笑い〟のプレゼントは、便箋からもたえず聞こえてくる……

白い漆喰の家は〝Белая дача〟（白い館）と呼ばれるようになる。チェーホフ一家は一八九九年にはここに移り住んだ。現在、チェーホフが植えた木々は、亭々とそびえ立ち、バラやその他の花もほとんど残されている。家は会館のように大きく、作家の記念館になっている。

かつてモスクワ芸術座の大勢のメンバーがスタニスラフスキーとともにおしよせ、歴史に刻まれる時を過ごした。多彩な客がたえず来訪し、懇談し、ときには借金や慈善の寄付を申し出たりした。彼らは食事を楽しみ投宿もできた。チェーホフは来る人を拒めなかった。オリガへの手紙には、客がはてしなくやって来て、ときに居座り、仕事ができず困惑

ヤルタ記念館内部　© Miya

している様子が語られている。でも、作家のブーニンやゴーリキーなど常に会っていたい人々もいた。近くに療養に来ていたレフ・トルストイにはよく会いに行き、病状に一喜一憂している。彼がとてつもないさびしがりやで、とにかく人が恋しかったことは誰もが認める事実。ヤルタの家によく出入りした親友のブーニンはチェーホフ論を書き上げるつもりでいた。それは未完に終わったが、残されているメモワールにはチェーホフの姿も、その周辺の雰囲気も、交わした会話もいきいきと描かれており、何とも得がたく貴重な記録となっている。これは群像社刊のブーニン全集五巻に、相当量収められているので一読されたい。

ヤルタでチェーホフは重要な作品を書き上げている。戯曲では『三人姉妹』、『桜の園』、小説では『犬を連れた奥さん』、『いいなずけ』、『僧正』……数十のプロットと多くのメモを残しつつ。どれもこれも、どう表現したらよいのか戸惑うほどの傑作である。

ヤルタの海岸通りでは、それこそスピッツを連れた若奥さんが通らないかと待機した。散歩する犬には三度遭遇したが、三度とも髭面のジーパンとダックスフントがもたもたやって来たのでがっかり。登場人物の奥さんこと、アンナ・セルゲーヴナと、ヒーローのグーロフは知り合う。《ふたりは散歩し、海が、妖しくふしぎな光に照らされていると話し合う。水は、やわらかく温かいライラック色で、月から送られる金色の帯が水面をひたとたゆたう……》これは、あのときから今にいたるまで恋人たちの瞳に映る海の表情。チェーホフとオリガもよく海岸を散歩した。ふたりは、チェーホフに婚約者がいるような、ふざけた状況設定をしたりしている。その頃『犬を連れた奥さん』の構想を練っていたのかもしれない。あるいは『いいなずけ』の主人公ナージャを起用したのだろうか？

やはりヤルタの白い館で書かれた短篇『僧正』（中村喜和訳、ドミトリー・テーレホフ絵、未知谷）には改めて驚いた。これは、オリガとの文通にも見られるように一九〇一年に書き始められた。『三人姉妹』は前年末に書き上げ、上演され好評さくさくだった。『僧正』に、作家はすでに自分の滅亡、行く末の様子を淡々と描いているとするのはこちらの思い過ごしだろうか？　いや、結果としてそうなったのだろう。過ぎ行く人の姿を象徴し、普遍の出来事として描かれているのだから。でも、これを読んで作家の家族は戦慄しなかったのだろうか……

晩禱式に押し寄せる群衆。疲れきった僧正の目に映るのは、すでにひとりひとりの人間ではなく、同じ顔をした、同じまなざしの群集。とつぜん愛しい老母の姿を目にする。大きな喜び、快さが疲労困憊している僧正を包む。だが、やがて、彼に明らかになるのは母親でさえ、彼の前で、しゃちこばり、遠慮し、母と子の親密さも、なれなれしさも、子どもへの情愛さえも決して見せないことだ。彼は、ほとんどの人がそのように彼に接していることに気づく。本当のことをあけっぴろげの素直な心で誰とも話し合えない。無意識の死を前に立ちはだかる深い孤独。僧正がそれとなく求めたのは、やさしさ、おだやかさ、何よりも、ありのままの心情であった。かろう

じて、八歳の姪のカーチャが、子どもらしい正直さ、素直さ、遠慮のなさで接してくるが……老母が僧正の所にかけつけると、あまりにも彼がやせ衰えているので驚き、僧正であることを忘れ、実の子どもに接するように彼をやさしく抱きしめる。僧正は、どれほどこのときを待ち望んだことだろうか。懐かしい子ども時代を、真実のときを、どんなに手繰り寄せたかっただろうか。だが遅すぎた。彼は息絶えていた……

この世に充満しているのは、どうして、いつも〝手遅れ〟なのだろうか？

ひとりの人間の後悔などという規模ではなく、この世の事象すべてに〝遅すぎる〟ことばかりが目につく。悲しい犠牲、残酷な犠牲ばかりが先行する！

そのことをチェーホフは、一見、私たちには別世界のような『僧正』を通してそっと囁いているように思えてならない。彼は、舞台からでさえ叫ぶこともなかった。一〇〇年以上も静かに響いている、そんな、ささやき、つぶやき、ひとりごとのような、もの言いにこそ耳を澄ませたくなる。

みずから丹精をこめ、人々を快く迎え入れた家に、彼は五年にも満たない歳月を過ごしただけ。この家の傍らにはタタール人の墓地がある（『チェーホフは蘇える』A・ソクーロフ、書肆山田）……生と死を親しく凝視し、病魔に苦しめられながらも、チェーホフは私たちに微笑みかけたのだ……

チェーホフをめぐる旅　タガンローグ

タガンローグはアゾフ海に面しており、タタール語でタガン＝高い、ロク＝岬、を意味する。この街で一八六〇年にチェーホフが生まれた。何かとても気をそそられる小さな生家が記念館として保存されている。チェーホフの魂がときおりここに戻ってくるのではないかと思えてくる。会ったこともないのにまったく身近に思えるのは、彼の写真がたくさん残されているからではないか。『チェーホフの風景』（ペーター・ウルバン編、谷川道子訳、文藝春秋）と題する写真集が日本でも出ている。写真と図版七三二点が収録された豪華本。スイスのディオゲネス社刊行の日本版。編者は全二十五巻の同社刊行ドイツ語版チェーホフ全集の編者で翻訳者というから、鬼に金棒という人材である。この写真集を初めて目にしたのは和製ロシア文学とも称された『ヤンとカワカマス』など一連の著者、町田純とパートナーのまり子さんが住む別称〝ヤンの小屋〟だった。そこで、まり子さんが作った幻のカフェ〝オデッサ・イスタンブール〟仕込みの豊穣な料理とワイン、ふと見せられたこの写真集にすっかり酩酊し、映画『バベットの晩餐会』に登場する人よろしく赤い顔で、羽をふわふわさせ、幸せ一杯の気分で帰宅した。それから何年経っただろうか。この写真集が脳裏にふと蘇ったのは、チェーホフ没後一〇〇年の二〇〇四年のことだ。つまり〝一冊に入ったチェーホフ記念館〟というしゃれたサブタイトルのこの本は数年間も記憶の器からこぼれていたのだ。さっそくヤンの小屋に電話したのは言うまでもない。タイトル、版元などをお聞きすると、直ちに郵送してお貸しくださるという純さんたちの親切な申し出をお断りした。ただただ手元に置きたかったのだ。幸いにも購入することができた。サイフは空っぽになったが版元にまだ数冊は残っているようだ。そのときから、ゆるやかにページを繰っては、チェーホフの動かない伝記映画を見ている。あきもせずただひたすらに眺めていられるのは、各二ページにわたって載せられている一八九一〜九七年、九八〜一九〇四年までの合計三十二枚の、チェーホフの顔写真。チェーホフの魂が現れて、こちらに向かってくるような写真。これを目にしていると、ソ連が崩壊する前の中央アジアでカメラを向けると、「魂がぬきとられるからいや!」と顔をそむけた人々の気持ちがとてもよく分かる。チェーホフの写真を見つめていると、彼の魂は、あの、タガンローグの生家にときどき降り立つにちがいない……なぜかそう信じたくなる。この家に彼は一年三ヶ月しか暮らさなかったというのに。五男二女（年下の女の子は夭逝）を抱える両親は何度も引越をした。だが、チェーホフ一家はなぜタガンローグで暮らしていたのだろうか？　アントン・チェーホフはなぜここで生まれたのだろうか？

ロシアは、アゾフ海と黒海への出口を求めて闘い、アゾフ海に出口を獲得すると、まだ若かったピョートル一世は、より好都合な港湾建設の場所を選ぶために一六九六年秋に当地へ出かけた。そのとき選ばれた場所がタガンローグだった。まず港と要塞が一六九八年から一七〇九年の間に建設された。海に憧れていたピョートルは壮大かつ長期にわたる建設プランを用意した。ここをロシアの首都にするという話もあった。そうなっていたらと想像するだけで頭が混乱してきそうだ。それがロシアの北方ペテルブルクに決定されたというのも、チェーホフに絡めて考えるとなにか因縁めいてくる。ペテルブルクに住むアレクサンドル・ソクーロフ監督が『帰還』（仮タイトル）という、『ストーン』に継ぐチェーホフについての映画を密かに準備しているのだが、これは天国からペテルブルクに一時やって来るチェーホフをめぐる物語。映画が完成されれば、この〝因縁〟が、もっと見えてくることだろう。だが私たちはまた、タガンローグに戻ろう。

この新しい街にロシア中部地帯から〝働く人々〟が移住してきた。一七一一年にはすでに人口が八千人になった。しかし、ロシアは一七一三年にアゾフ海地方をまた失い、要塞や住居が破壊され、ロシア軍も住民も撤退するはめになった。再びこの地を取り戻したのはアンナ女帝（在位一七三〇～四〇）の治世であった。エカテリーナ二世（在位一七六二～九六）の治世にはクリミヤ汗国を併合（一七八三年）し、アゾフ海と黒海沿岸を制覇した。一七七一年にはアゾフ海の港湾は再建され、初めてロシアの軍艦が姿を見せたという。七一年から八三年にかけてタガンローグはロシア艦隊の主要な基地になっていく。その後、それが黒海沿岸のセヴァストーポリに移管されると、タガンローグは商業都市となり、一八六〇年代までロシアで最大の商業港となった。この数字はチェーホフの運命になんと深く関わっていることだろうか！　チェーホフは一八六〇年生まれ、ロシアで農奴制が廃止された前年である。十九世紀前半、チェーホフが産声をあげるまでに、ここは区画整理され、道が造られ、街の中心地は整備されていた。驚いたことに、タガンローグは、その頃の面影が今にいたるまで残されている稀有な街なのだ。

一八二五年にはこの街でアレクサンドル一世が亡くなっているし、その年までにプーシキンがカフカスに向かう途中、ここに投宿している。歴史上のこの事実をおそらくチェーホフは聞かされていたことだろう。一八四一年に自分と家族を自力で農奴の身分から解き放したチェーホフの祖父は一家を引き連れて、領主の村からタガンローグにやって来て定住する。そうした家族史もチェーホフは知っていただろう。どんなに歴史が人間の運命に

タガンローグの街並　© Miya

関わっているかをチェーホフは強く感じていたに違いない。作品に現れる百年先とか、千年先とかいう表現は単なる表現ではなく、チェーホフの実感を基盤にしているのではないか。

さらに歴史の変化はチェーホフ一家の運命を直撃する。鉄道が州都まで敷かれたため港湾都市の役割が減少するなかで迎える倒産、夜逃げ同然の街からの逃亡。ひとり取り残されたアントン。家庭教師をするかわりに住居と食事を与えられ、仕送りされないどころか、さらに家庭教師の口を増やして家族に仕送りをする健気なアントン。タガンローグの中学校を二年も留年しているのは、そのような境遇だったからであろうか。店を持ち、社会活動も行っていた父親の店が倒産したとき、おそらく心ない人々はすぐさま態度を変えたにちがいない。優越感に浸った人々もいただろう。カメレオン以上に豹変する人々。人間の醜さも優しさも、いちどきに目にしたことだろう。孤独は観察眼を研ぎ澄ませてくれる。豊かで暖かく満ち足りていたのでは決して見えてこないことが目に飛び込んでくる。腹を空かせ、とてもさびしく、人恋しく、辛い日々を過ごしたことだろうか。すべてを乗り越えるためには、どれほど自分を律しなければならなかっただろうか。でも生きる力、方法を彼はここで培ったのではないか。ユーモア感覚や、復讐ではなく自分を豊かにする手法、なによりも愛すること、ことに、見知らぬ大都会でもっと辛い暮らしをしているかもしれない家族たちを。優しい母や妹が懐かしかっただろう。二人のことを考えて耐え、生き抜いたかもしれない。思う相手がこの世に存在することにすら、心の片隅で感謝したかもしれない。そのような経過がなければ、あのように強い結びつきは生まれなかっただろうと予想される。しばしば豊かさよりも貧しさが肉親や親しい人々を強く結束させる皮肉な事実によく出会うし、それを彼は熟知していた。アントンは自ら家族結束の、家庭再建の要となる。タガンローグでの孤独さを思えば、何でも耐えられると考えたにちがいない。だが、その反面、彼はタガンローグで味わった自由を生涯忘れることがなかったであろう。結婚にさえも縛られたくないし自由でいたいと思っていたようだ。生命力が衰え死から逃れられないという不自由な身になって、〝自由でいたい〟という思いから解放されたのではないか。チェーホフ没後一〇〇年を記念して企画され刊行が続いている〝旅・ダイナミズム・越境〟全三巻のシリーズ（東洋書店）のひとつ『越境するチェーホフ』で著者の牧原純氏（二〇一五年没）も、作家としての資質を作り上げた地はタガンローグではないかと考察されている。池袋のある書店の芸術書部門で、チェーホフ没後一〇〇年を記念して若い担当者Hさんが、チェーホフ専用の書棚を用意された。その棚で、この本を目にし、初めて手にして〈孤独〉と〈自由〉を求めた生活〟というサブタイトルに驚かされた。同様のことを考えさせられていたからである。それは、牧原さんの前作『チェーホフ巡礼』（晩成書房）に影響されていたからかもしれない。Hさんは所用かなにかで不在だったが〝書棚〟と牧原さんの熱意に敬意を表して『越境するチェーホフ』を求めた。

今は、日本の図書館でチェーホフを借りて読む人は皆無に近いという噂が伝わってくる。古書店でも、ロシア文学書はまったく売れないので撤去したという話が聞こえてくる。それならば、どうしたらチェーホフの作品を読んでもらえるのだろうと考え悩んでいた。だってこれこそ取り返しのつかない損失！

モスクワ近郊のペレジェルキノにあるチュコフスキー博物館にレフ・シーロフ館長を訪ねた。そこでも、チェーホフを普及したいという話をした。チュコフスキーもチェーホフについての素晴らしい本を書いている。そんなことを話し合っているうちに、急に私はシーロフさんに質問していた。「若い読者にチェーホフのどの作品を勧めたらいいと思いますか?」「『少年たち』はいいですね、あっ、でもこれは少年たちが描かれているが、大人が読むべきだなあ……いや、主人公と同年輩の子どもたちにも面白いかもしれない……」と館長は考えながらいくつかの作品を上げてくれる。『カシタンカ』には私もすぐに同意する。「『カメレオン』、いや、これはふさわしくないかな……『ロスチャイルドのバイオリン』、これは若い人にこそ読んでもらいたいですね……」と館長は優しげな微笑を浮かべる。そうかなあ、これはかなり難しいのではないかと内心私は危惧する……

後日、ノルシュテインのスタジオでのティータイムに、私はもう可愛くもない『可愛い女』よろしくシーロフの受け売りみたいに「『カシタンカ』や『ロスチャイルドのバイオリン』を素敵な挿絵で出したいのよね」と切り出す。このスタジオは人材の宝庫。すぐに挿絵担当が決まってしまった。ノルシュテインの親友、画家イリーナと、ひょうきんな女弟子のターニャの親友ナターシャ。私のわくわくした気持ちが間もなくみなさまのもとに届けられましょう!

追記　チェーホフ没後一〇〇年の二〇〇四年を機会として始められた未知谷のコレクションも生誕一五〇年の二〇一〇年にラリーサ・ゼネヴィチさんの『遅れ咲きの花』（『咲きおくれた花』中央公論社）（一八八二年十月から十一月まで四回にわたり『世評』に連載された短篇で、映画化されている）で一応終了し、絵本だけでも二〇点近くを数える成果を得た。刊行の度に紹介した文章を本書にまとめる際、内容に沿って順番を入れ替えたため時間軸から見ると不整合が生じてしまった。でも、チェーホフさん、あなたのステキな作品に、あなたとあなたの作品を愛するお国の絵描きさんたちの絵を出合わせて、一冊いっさつがとても丁寧に作られたこのシリーズを前にすれば、きっと許してくださいますね。読者のみなさんも受け容れてくださることと思います。そうそう、チェーホフさん、あなたも気にして居られた『カシタンカ』の挿絵、シリーズのさきがけとなったナターシャの絵がお国でも認められて、大判の絵本が出版されました。逆輸入というのでしょうか、文化交流といってもよいかと思います。世の中捨てたものではありません。あら、えらそうに、チェーホフさん、ごめんなさい。

そういえば、今まで書き忘れたこと。イリーナの絵入りの『大学生』を目にしたウンベルト・エーコ氏が、イリーナのアトリエにやって来た際、本をめくって、絵がとても気に入って、奪うようにしてローマに持ち帰ったということですよ。

あとがき

二〇〇四年は、チェーホフ没後一〇〇年にあたる年だった。ロシアではチェーホフの戯曲が盛んに上演され、日本でも、いいえ世界中でチェーホフ作品の上演はもとより何らかの関係イヴェントが盛大に行われた。日本ではチェーホフ作品映画化のレトロスペクティヴも開催されたと記憶する。そんなことで、ＮＨＫラジオロシア語講座のテキストに、没後一〇〇年に因んでチェーホフについて書くよう依頼されたのだろう。〝没後一〇〇年〟ということに、私は内心いたく驚かされたことが、胸の動悸とともに身体の記憶として残されている。読者はすでにご存知のように、私はチェーホフのポートレートを四〇年以上にわたって連日目にしており、もう気分は〝知り合い〟みたいな感じでいたからだ。確かにチェーホフは死の床にあったし、遺体が横たわる棺はバーデンワイラーからモスクワに〝牡蠣《かき》運搬車〟と張り紙された青い車両で運ばれたという。そのことを哀しみ溢れる思いで作家のゴーリキーが認めているのも読んだことがある。その列車には夫人のオリガさんも棺に付き添って乗っていた。列車にゆられながら、どれほどの悲しみを味わい、ときに休止符のように心ときめく楽しい思い出にも包まれていたことだろうか……　辺りには牡蠣の臭いが漂っていただろうが、オリガは、嗅覚などどこかに飛び散る程、きっと胸が張り裂けるようだったにちがいない……　牡蠣についての彼女が書いたものを読んだことがない……

チェーホフには『牡蠣』という掌篇がある。大変つらく哀しいお話だ。

ときどき、拙宅での飲み会に友人が新鮮な牡蠣をどっさりお土産に持ってきてくれ、集う友人達から「オーッ！」と歓声がわき上がる。作業用の、木綿の白い手袋をし、専用の小道具で硬い殻を開けては大皿に並べていく。そこにレモンの雫を数滴ふりかける。ナマモノがダメな人のために、いくつかはオーブンで焼く。殻が開くと、バターとか、醤油とか好みに応じて味付けし、直ちに食べごろとなる。もちろん蒸しても美味しい。

でも、あの掌篇を思い出すと胸が詰まって、せっかくのご馳走も台無しになるので、私はときにそんな掌篇は読んだことがないと自分を騙してみたりする。でも毎回それが成功するわけではなく、そんなときは、料理や接待にただひたすら専念する。しかし牡蠣の臭いがしてくると、ひどくお腹を空かせた少年が感じる（チェーホフがそれを繊細に描写するのだが……）様々な臭いが、あたかも漂ってくるのだ。そう、臭いも記憶できるし、言葉で表現された臭いも、それなりに立ち上る……　牡蠣を見たことのない少年が、食してみたいし、想像しては怖いなと身震いする。牡蠣にありつく機会がやってくると、殻の中で、蟹の様なハサミをもってじっと坐っているカエルに似た生き物が目を光らせていると想い、その目に見られたくないと、必死に両眼を閉じ、やおら殻にかぶりつく。ごつっと硬い殻に……　その描写もリアルで、ああ、これはチェーホフさんが経験していることだと信じてしまいそうになる……　チェーホフさん、あなたはお腹をすかせていたのね、きっとタガンローグで独り残されたときのことでしょう……　掛け持ちで家庭教師をし、モスクワの家族に送金までしていたとか……

すっかり話がそれてしまったが、ときどき私は想像する。牡蠣運搬列車のことに対して、チェーホフを敬愛する人々の辛い悲しみ、怒りや嘆きをよそに、チェーホフさんは微笑んでいると、私は不遜にも想ったりする。「牡蠣に復讐？　されたよ」と笑っているのではないかと……

ああ、それに、私は、モスクワのノヴォデーヴィッチ女子修道院付属墓地に何度も通ったではないか！　チェーホフと、チェーホフ夫人、オリガ・クニッペルのお墓に詣でたではないか……　墓碑に刻まれたカモメが時おり、飛翔し脳裏をよぎるではないか！　それなのに、〝没後一〇〇年〟に驚かされてしまった。自分でも思いがけず、信じられないので、私は黙ったまま〝チェーホフを巡る旅〟を二〇〇四年四月号から九月号まで連載させていただいた。ちょうどその頃からチェーホフ作品の翻訳絵本が未知谷から刊行され始めていた。たしか工藤正廣訳の『中二階のある家』がスタートだったのではないだろうか。その刊行は、没後一〇〇年の、澄み渡る蒼穹にはるか前奏曲を響かせていた……

それにちなんで思い出すが、一九七〇年代初め、日ソ学院（現東京ロシア語学院）でロシア語を学んでいた頃、秋の文化祭で私たちにはロシア語劇を演じる課題があった。私たちが選んだのは『中二階のある家』だった。私が台本を作り、Hさんが装置を担当し、演出は『結婚』の翻訳等で、かつて存在し、小田島雄志賞に引き継がれた湯浅芳子賞を授与された堀江新二さん。彼は早稲田の大学院に在籍し演劇美学をテーマに研究しつつ、学院でも勉強していたし、ある自立劇団演出部にも所属していたと記憶する。お母様が劇団銅鑼の女優さんで、メイクその他でいろいろ助けてくださった。Hさんは発泡スチロールでロシアの地主屋敷風の窓に灯る緑色の明かりを作った。ほとんどその窓のみで中二階のある家を象徴するのだが、大変よくできていたと思う。画家は、品のいいルバシカを着たA（実際のイニシャルはKなのだがダブるので）君、その後あるホテルのオーナーになったと聞く…

……画家の魂が乗り移ったかのように、きっと今も若々しいと想像する。私はミシューシの姉リーダの役で、もともと理屈っぽかったせいか、役作りは意外に楽に思えた……だが今から想うと、チェーホフが描いた端正なロシア美人には程遠かったなと気恥ずかしい。ミシューシは、高校を卒業して一、二年経つか経たないかの若く、ほっそりしたKさんだった……〝前奏曲〟のお蔭で、そんなことが鮮やかに蘇る……

その後もチェーホフ・コレクションは多彩な音を響かせていく……

私は、二〇〇六年四月から翌二〇〇七年三月迄、同じくNHKのロシア語ラジオ講座のテキストに〝チェーホフさん、こんにちは！〟と題して、チェーホフ・コレクション等を紹介させていただいた。ユーリー・リブハーベルさん描くチェーホフのポートレートが題字の横でかすかに笑みを浮かべている……

さらに二〇一〇年にはチェーホフ生誕一五〇年を迎えた。『櫻の園』や『カモメ』等が上演され、『櫻の園の裏の園』というのも上演されていた。チェーホフさんがご自分の戯曲を〝喜劇〟と名づけたがゆえに、日本では何を以てして喜劇なのだろうか、という話題は常に聞こえてくる……だが、この問題もやがて所を得て、笑いながらチェーホフ劇を観るようになるのだろう……

ことに明記したいのは生誕一五〇年に因んで素晴らしい本『チェーホフ自身によるチェーホフ』（ソフィ・ラフィット著　吉岡正敞訳　未知谷）が刊行されたことだ。著者はキエフ生まれのフランス人で旧パリ国立図書館スラブ部門を創立した文学博士、ロシア文学者で翻訳家。翻訳者の吉岡氏は学生の頃、夏休みにフランス語のこの本を見つけ、生まれて初めてフランス語で丸ごと一冊読まれたとのこと。そのお蔭でフランス文学科に学ぶ彼はチェーホフに心酔し、これがまさに青春の書となったという。

チェーホフの小説、戯曲、メモ帳、書簡などから、チェーホフが綴ったことばのみで、チェーホフを語る、実に面白い稀有な研究書だ。このなかで『大草原』（本書目次では『曠野』、未知谷刊『エゴール少年　大草原の旅』抄訳）についての記述は、ノルシュテインが打ち明けた「《霧の中のハリネズミ》は、チェーホフのこの作品が下敷きだよ」という発言をまさに証明している。さらに、それは少年チェーホフの実体験が源泉であることが見事に明らかにされている。これは一例にすぎず、ぜひこの書をひもといていただきたい。

この書がチェーホフのすべてを百パーセント明らかにしているわけではないのかもしれない。私には実に不思議な疑問がひとつわいてきた。この書の一五八ページで語られる〝無関心〟についてのチェーホフによる意味づけが、よく理解できない。この課題は自ら原文にあたり、考えなければならないことなのだろう。

今まで、ロシアのクリエターの方々の通訳も務めさせていただいた。彼らの発言の多くにチェーホフからの引用がある、または同様の考え方、感覚を共有していたということが、ソフィ・ラフィットさん、吉岡先生のこの本によって、判明したのだ。

ノルシュテインなどマルクス・アウレリウス・アントニヌスの『自省録』（岩波文庫刊）等をよく読みこんでいたりするが、実はチェーホフのメモ（手帖）の中で最も多く言及されるのが、五賢帝の一人であるばかりか、ストア学派の哲学者でもあった、この古代ローマの皇帝であることも……　今後、『チェーホフ自身によるチェーホフ』を基に、チェーホフ作品の読書会などが、あちこちで催されることが望ましいなどと思ったりする。ロシア文学史における作家としてのチェーホフの出自そのものも次第に鮮明に浮かび上がって来ることだろう。そういえば、ラフィットさんは、ドストエフスキーが「われわれはみなゴーゴリの『外套』から出た」と言明したごとくチェーホフも同様に『外套』に負うところがあると述べておられる。

『外套』はプーシキンに遡るし、二十一世紀の現在は異なるジャンルでユーリー・ノルシュテインが長年にわたってまさに『外套』を切絵アニメで制作している。はるかモスクワから噂が流れてきた。三十年におよぶ撮影が完了し、編集・モンタージュに入ったらしいと……　ぜひ彼からもチェーホフについての話をあらためて聞いてみたい……（ところが二〇一六年六月十八～三十日まで、ノルシュテイン・スタジオに通って判明したことがある――「四年間、撮影していない、だが続けている」と巨匠は断言した。そう、二十一世紀に理解され感応される《外套》として弛まず続けているのだ。「権力にイエスと云わず、資金はもらえず……一人前の男として稼ぎながら……」)

さて、このように時を経て私は、今までのNHKテキスト連載原稿に手を入れ、さらに新たな原稿を追加していった。そうしたなかで、私は、無意識に「チェーホフさん、ごめんなさい！」と呟くことが多くなっていることに気づいた。NHKの連載が始まってから、たかが十数年、されど十数年なのだと強く感じさせられてもいた。その間に日本で、世界で、周辺で起こっている事態が、信じがたいほど厳しく辛くなっている。言い換えるなら、チェーホフさんが、そしてもちろん私たちが望まず、むしろ忌み嫌う事件、心痛極まりない状況がより多くなっていることに、はっと胸を突かれる。だから「チェーホフさん、ごめんなさい」という無念の呟きが口からもれる……

しかも最近追加した原稿の口調が変化をきたしているのではないかと不安になる。でも、初めの頃の口調には、なぜか戻れない。これで、一冊の本になるのだろうか？　未知谷代表の飯島さんは、「並べ方でしょうね」と微笑む。〝旅〟のところは写真を入れたいなと考えていたら、飯島さんがすでに、みやこうせい（私の連れ合い）に写真を提供してと、〝チェーホフをめぐる旅〟の原稿を彼に渡したとのこと。すべてお見通しなのだ…… というわけで、飯島さんのお蔭で、このような本にまとめあげることができました。この場をおかりして、飯島徹氏、編集の伊藤伸恵さん、年来、チェーホフ、ゴーゴリにとり憑かれ、やおら、列車でローマから北上、ウクライナを横断、黄昏のタガンローグに行ったこうせいさんに、そしてチェーホフさんに心から感謝を捧げます。

二〇一六年六月　〝多数が愚衆〟ではなくなる日に

児島宏子

こじま　ひろこ

映画、音楽分野の通訳、翻訳、執筆、企画に広く活躍。訳書に『ドルチェ・優しく』（岩波書店）、『チェーホフは蘇る』（書肆山田）、『ソクーロフとの対話』（河出書房新社）、『チェブラーシカ』（平凡社）、『きりのなかのはりねずみ』『きつねとうさぎ』（福音館書店）、ノルシュテイン『アオサギとツル』、ゴーゴリ『外套』、プラトーノフ『うさぎの恩返し』、チェーホフ・コレクション『カシタンカ』『ロスチャイルドのバイオリン』『大学生』『可愛い女』『たわむれ』『すぐり』『少年たち』『モスクワのトルゥブナヤ広場にて』『いいなずけ』『ワーニカ』（未知谷）等。日本絵本賞（毎日新聞社）ほか受賞。

チェーホフさん、ごめんなさい！

2016年 8 月10日印刷
2016年 8 月25日発行

著者　児島宏子
発行者　飯島徹
発行所　未知谷
東京都千代田区猿楽町2丁目5-9　〒101-0064
Tel. 03-5281-3751 / Fax. 03-5281-3752
［振替］　00130-4-653627
組版　柏木薫
印刷所　ディグ
製本所　難波製本

Publisher Michitani Co. Ltd., Tokyo
Printed in Japan
ISBN978-4-89642-502-4　C0095